Prix du Meilleur Polar
des lecteurs de POINTS!

Ce roman fait partie de la sélection 2015 du
**Prix du Meilleur Polar
des lecteurs de POINTS!**

De janvier à octobre 2015, un jury composé de 40 lecteurs et de 20 professionnels recevra à domicile 9 romans policiers, thrillers et romans noirs récemment publiés par les éditions Points et votera pour élire le meilleur d'entre eux.

Arab Jazz, de Karim Miské, a remporté le prix en 2014.

Pour tout savoir sur les livres sélectionnés, donner votre avis sur ce livre et partager vos coups de cœur avec d'autres passionnés, rendez-vous sur :

www.prixdumeilleurpolar.com

Suzanne Stock est journaliste. *Ne meurs pas sans moi* est son premier roman.

Suzanne Stock

NE MEURS PAS SANS MOI

ROMAN

Le Passage

TEXTE INTÉGRAL

ISBN 978-2-7578-4648-3

© Le Passage Paris-New York Éditions, 2014

Le Code de la propriété intellectuelle interdit les copies ou reproductions destinées à une utilisation collective. Toute représentation ou reproduction intégrale ou partielle faite par quelque procédé que ce soit, sans le consentement de l'auteur ou de ses ayants cause, est illicite et constitue une contrefaçon sanctionnée par les articles L. 335-2 et suivants du Code de la propriété intellectuelle.

L'APPEL DU VIDE

Chapitre 1

À l'aube

Surtout, ne pas bouger la tête trop vite. Ouvrir les yeux lentement, très lentement. Laisser la lumière du jour naissant repousser par tout petits flots les brumes de l'alcool. Hier soir, Sandra Denison avait forcé sur le gin. Une faiblesse dont elle s'accommodait fort bien depuis l'université : l'adolescente timide et un peu naïve qui avait grandi dans la douceur du Massachusetts, avant de partir pleine de rêves à l'assaut de la faculté de droit de New York, avait vite perdu son innocence après les premières fêtes sur le campus, les premières bouteilles. Et le premier garçon qui l'avait couchée sur la banquette en cuir usée et collante d'une Mustang, pendant que la radio la narguait en susurrant à son oreille *Smoke Gets In Your Eyes*. Depuis, la brillante avocate avait fait du chemin. Elle était devenue une figure incontournable du cabinet Hartmann, à Manhattan, le graal des entreprises, qui s'arrachaient son talent pour monter des compagnies offshore et, accessoirement, faire disparaître des sommes d'argent non négligeables à l'étranger. Bien sûr, Sandra avait dû trouver quelques arrangements avec sa conscience. Mais la montre au cadran serti de diamants qu'elle s'était achetée avec une prime vertigineuse avait balayé ses remords. Après tout, que ce soit elle ou un autre, quelqu'un s'occuperait du sale boulot. Et il n'y avait pas mort d'homme… Seulement un prix très relatif à payer pour ces succès, celui d'une vie privée en pointillé, d'une solitude entrecoupée d'étreintes dans des draps de satin avec un collègue, Mark Stanton, irrésistible mais marié. Rien qui dérangeât foncièrement Sandra d'ailleurs. Les leçons de morale l'ulcéraient. Sa mère l'en accablait sans relâche alors qu'elle était enfant, l'obligeant à faire « pénitence » – le mot lui hérissait le poil aujourd'hui encore – pour n'importe quoi : un bonbon chapardé, une robe tachée, un jouet mal rangé… Écrasée en permanence par une avalanche de reproches disproportionnés, Sandra avait fini par détester l'autorité et sa vicieuse alliée : la culpabilisation. Elle s'était forgé sa propre conception du bien et du mal et plaçait la part douteuse de son travail comme sa relation bancale avec Mark à mi-chemin entre les deux, sur un fragile fil d'équilibriste. Mais si elle avait pu, hier soir, la jeune femme aurait volontiers envoyé Mark brûler en enfer, et tous les saints avec lui. Certes, en maîtresse discrète, mais surtout en femme pragmatique, elle avait accepté de ne pas gagner sur tous les tableaux et fait une croix sur les anniversaires, les vacances, les Noëls d'une vie de couple normale, se contentant le plus souvent d'un plateau télé en solitaire parfois arrosé de quelques rasades de gin tonic. Elle avait aussi fait son deuil de l'enfant qu'elle aurait eu du mal à caser dans son cabriolet… et dans sa vie tout court. Un choix pleinement assumé, avec ou sans Mark. Les souvenirs amers de sa propre enfance ne l'incitaient guère à sauter le pas. En revanche, elle pardonnerait difficilement à son amant de lui avoir fait faux bond au moment où le cabinet consacrait – enfin – son talent en la nommant associée.

Le grand patron, Kyle Hartmann, lui avait annoncé la nouvelle peu après la fermeture des bureaux, avec une de ces phrases emphatiques qu'il aimait lâcher pour asseoir l'air de rien sa supériorité – qu'il prenait pour de la magnanimité – sur son interlocuteur : « Au fait, Denison, vous rejoignez le club. On en reparlera demain. » Tant mieux. Il n'y aurait donc pas de chichis autour d'une table de réunion avec toussotement insistant du boss pour solliciter l'attention de l'assistance. Puis l'inévitable annonce d'une annonce. Enfin, l'annonce elle-même, un brin théâtrale – sinon, à quoi bon se donner tout ce mal ? –, suivie du coup d'œil furtif et secrètement jubilatoire du nouveau promu aux autres avocats qui permettrait, en un quart de seconde, de départager ceux qui voudraient encore plus votre peau de ceux qui se contenteraient de vous envier mais en resteraient là. À vrai dire, annonce officielle ou pas, peu d'entre eux se soucieraient du fait qu'elle ait travaillé d'arrache-pied pour mériter l'entrée au fameux « club », ni que le grisonnant et fringant Hartmann lui ait déroulé le tapis rouge seulement parce qu'il sentait venir la menace. Pas un mois ne passait sans qu'un concurrent ne courtise Sandra. Ses clients n'hésiteraient pas à la suivre, elle en était persuadée. Elle faisait partie des meilleurs, le savait, le revendiquait. Davantage de responsabilités, de reconnaissance, d'argent : la carotte la ferait patienter. Un peu. Un jour, elle ouvrirait son propre cabinet. Et se paierait peut-être alors le luxe de débaucher Mark, un double pied de nez assez drôle à l'épouse de ce dernier et au patron qui avait pris son temps, estimait-elle, avant de la récompenser. Voilà où Sandra en était de ses pensées immédiatement après l'offre d'Hartmann, en se refaisant une beauté dans son bureau, qu'elle avait pris soin de fermer à clé afin de ne pas être dérangée.

En observant son visage dans le miroir de poche recouvert de nacre qui ne quittait jamais son sac à main, elle se faisait de nouveau la même réflexion : décidément, la lumière blafarde du plafonnier lui donnait des allures de mort vivant. Elle pouvait pourtant se vanter d'être une belle femme. Ses grands yeux verts, ses lèvres gourmandes sans excès – « une bouche pour l'amour », comme se plaisait à le répéter Mark pour la faire rougir –, ses longs cheveux bruns caressant la courbe délicate des épaules laissaient rarement indifférent. Modelé dans une salle de sport huppée de Manhattan, son corps lui attirait des compliments détournés : dans la rue, les œillades des hommes, accompagnés de leur épouse ou non, en disaient long sur l'effet qu'elle produisait sur eux.

Mais ce soir, elle voulait être le centre d'intérêt d'un seul. Elle comptait fêter son entrée au « club » à grand renfort de champagne, de petits fours et de sexe. Pas forcément dans cet ordre. Mark n'aurait qu'à téléphoner chez lui et prétexter une réunion de dernière minute, comme à l'accoutumée. Excitée telle une gamine à l'idée de ces moments volés, elle quitta son fauteuil d'un bond, rajusta sa jupe, replaça une mèche de cheveux avant de se rendre dans le bureau de Mark, situé juste en face du sien. Un simple regard par la baie vitrée encadrant la porte lui permit de s'assurer qu'il était bien là et, surtout, disponible. Elle se faufila dans la pièce, arborant son plus beau sourire.

– Tu as deux minutes ?
– Bien sûr, entre.

Comme elle le faisait chaque fois qu'ils n'avaient

pas pris le temps de se parler de la journée, elle tendit la joue pour une bise qui tarda un peu trop à venir à son goût. Bizarre. Peut-être avait-il entendu parler de sa nomination et en éprouvait-il quelque inavouable jalousie ? Bien que décidée à ne pas gâcher inutilement l'euphorie du moment, elle ne put taire l'impression aussi fugace que désagréable qui l'avait assaillie.

– Qu'est-ce qui ne va pas ? questionna-t-elle d'un ton faussement détaché. Tu as l'air étrange.

– Oh, rien d'important, le dossier Stanfford qui me casse les pieds. Je crois que je suis condamné à rester enfermé dans ce bureau les dix prochaines années pour tout boucler, répondit-il avec un sourire gêné qui semblait réclamer par avance l'indulgence de Sandra.

– Un coup de main ?

Mark agita nerveusement son stylo en se mordillant la lèvre inférieure.

– Laisse tomber, j'ai pas envie de t'embêter avec ça et vu le temps que ça prendrait à expliquer, autant que je le fasse moi-même.

Pas question pour Sandra de baisser les bras aussi facilement. La jeune femme revint à la charge :

– J'ai quelque chose de spécial à fêter ce soir. Hartmann a décidé de me nommer associée, lâcha-t-elle en guettant la réaction de Mark. J'ai prévu d'aller au ravitaillement dans cette épicerie fine qui vient d'ouvrir juste à côté de chez moi. Rejoins-moi dans deux heures, avant si tu peux. Je t'aiderai à te dépatouiller de ton dossier demain matin.

La réponse, inverse à celle qu'elle attendait, doucha net sa bonne humeur.

– Non, désolé, on remet ça à demain soir si tu veux. Je suis vraiment content pour toi, je t'assure. J'aimerais tellement passer la soirée avec toi… Mais j'ai promis à Monica – l'estomac de Sandra se nouait chaque fois qu'elle entendait ce prénom – de rentrer avant que la petite soit couchée. C'est son anniversaire, tu sais...

– Pas moyen de te faire changer d'avis ? hasarda l'avocate en désespoir de cause.

– Désolé ma belle, une autre fois, promis...

Dans un effort incommensurable pour garder la face et éloigner la colère qui montait en elle, Sandra haussa les épaules, sourit, se contentant d'un « Tu ne sais pas ce que tu rates » lancé avec un peu trop de conviction.

Dos raide, menton levé, elle regagna son bureau, ferma la porte doucement pour ne rien laisser paraître de sa déception. Mais elle enrageait. Si ce crétin ne daignait pas se rendre disponible en un moment pareil, d'autres s'en chargeraient. Une brûlure dans le cœur, elle dégaina son portable – mieux valait pour Mark que ce ne soit rien d'autre à cet instant précis – et, sur son écran tactile, d'un pouce nerveux, survola sa liste de contacts. Il y avait bien Jay, du cabinet d'audit au deuxième étage, qui, sortant d'un divorce douloureux, la poursuivait de ses assiduités depuis des mois et lui avait laissé son numéro « au cas où ». Ou encore Michael, le kinésithérapeute à qui elle confiait parfois ses muscles fourbus par les heures de sport pratiquées chaque week-end. « J'aimerais que toutes mes clientes vous ressemblent », lui glissait-il parfois en riant. On ne dit pas ces choses-là sans arrière-pensée.

Sandra soupira et envoya valser son téléphone sur la table. Cette petite vengeance, même méritée, n'effacerait pas son dépit. En outre, elle ne se sentait pas d'attaque pour ça. Les faux-semblants. Rire à une blague que vous ne trouvez pas drôle, regarder un visage en imaginant quelqu'un d'autre. Non, pas ce soir. Une autre personne lui vint spontanément à l'esprit : Claire

Jenkins, sa meilleure amie, avec qui elle avait grandi à Falmouth et usé ses jeans sur les bancs de la fac de droit. Chacune avait ensuite suivi sa propre voie. Autant Sandra excellait dans l'art d'embrouiller l'administration fiscale avec ses montages de sociétés offshore, autant son amie s'était forgé une solide réputation parmi les avocats spécialisés dans les affaires de divorce. Gaie comme un pinson, avec un rire aussi léger qu'une plume, Claire était la personne idéale pour vous remonter le moral. Elle décrocha à la troisième sonnerie. Même proposition qu'à Mark, suivie de la même réponse hésitante et frustrante sur « ce fichu dossier qui bloque au bureau ». Décidément, c'était une épidémie ! Tous les avocats de New York avaient-ils donc, comme un fait exprès, décidé de travailler ce soir ? Sandra n'essuierait pas un deuxième refus.

– Claire, s'il te plaît, dis oui… Tu n'auras qu'à me rejoindre un peu plus tard. Petits fours et champagne à gogo. Ne me dis pas que tu peux résister à ça. Ou alors, tu n'es pas la vraie Claire Jenkins !

Le silence, désagréable, dura un peu trop longtemps.

– Bon d'accord, on dit 21 heures.

Sandra raccrocha, perplexe, et décida finalement de ne pas s'en faire. Que gagnerait-elle à s'attarder sur l'attitude de Mark, si ce n'est ruiner le plaisir de sa promotion ? Ce soir, elle ne s'apitoierait pas sur le prix à payer quand on entretenait une relation avec un homme marié. Sandra penserait simplement à elle, profiterait de ce rendez-vous entre filles pour se changer les idées. Non sans nostalgie, les deux amies replongeraient sûrement des années en arrière, dans les longues parties de cartes improvisées au foyer des étudiants ou les révisions intensives à l'approche des examens sur la pelouse du campus – qui servaient surtout à faire des repérages parmi les recrues de l'équipe de football de l'université.

Oui, Sandra se réjouissait vraiment à l'idée de retrouver Claire. Elle balaierait Mark de ses pensées, au moins pendant quelques heures.

Surtout, ne pas bouger la tête trop vite. Ouvrir les yeux lentement, très lentement. Laisser la lumière du jour repousser par tout petits flots les brumes de l'alcool. Dissiper le chagrin et la colère qui s'étaient amoncelés en nuages noirs sur son cœur. Affalée sur son canapé, mortifiée par ce qu'elle venait de découvrir, elle savait pourtant très clairement ce qu'elle voulait : faire voler en éclats l'insupportable mensonge, quitte à être humiliée une dernière fois. Elle panserait ses blessures d'amour-propre plus tard. Avant toute chose, il fallait rendre une allure humaine à ce visage où se devinaient encore les sillons noirâtres tracés par beaucoup de larmes et un peu de mascara. Une douche brûlante la sortirait de sa torpeur. Dans la salle de bains, Sandra souleva le mitigeur d'une main tremblante. Un bref coup d'œil dans la glace lui permit de jauger les dégâts. Les paupières gonflées, les cernes bleuâtres venaient de lui flanquer dix ans d'un coup. Elle releva ses cheveux en un chignon approximatif qu'elle barra d'une pince récupérée sur le rebord du lavabo. C'est alors qu'elle les sentit. Ses doigts effleurèrent d'abord les tiges, qu'elle tira délicatement. Ses ongles crissèrent sur ce qui lui parut être des petits bouts de carton. Elle en extirpa un de la masse de ses cheveux. Aucun doute possible : il s'agissait d'un morceau de feuille séchée. Sandra ôta sa pince et secoua la tête vers l'avant. Dans un léger chuintement, une dizaine de feuilles s'étalèrent sur le tapis beige qui recouvrait une bonne partie du sol.

Médusée, elle se redressa, ne sachant que penser. Elle avait beau essayer de chasser la confusion de son esprit, hormis le choc dû à ce qu'elle avait découvert, aucun souvenir ne remontait à la surface. Rien. Le trou noir.

Depuis son appartement de Brooklyn, Sandra voyait les feuilles se balancer mollement à la cime des arbres. La fraîcheur des légères brises matinales laissait déjà deviner les prémices de l'automne. Elle frissonna. Elle avait besoin de cette douche.

Le regard dans le vide, elle jeta dans le panier de linge sale ses habits imprégnés d'une odeur de nicotine qui lui retourna l'estomac. Sandra n'avait plus fumé depuis une éternité. Toutefois, elle gardait précieusement dans le buffet de la salle à manger un paquet qu'elle avait pris soin de glisser derrière une nappe. Invisible mais pas trop loin, juste au cas où. Les mains plaquées contre le carrelage blanc, elle sentit avec bonheur l'eau chaude ruisseler sur son corps. Elle resta ainsi un long moment, les yeux clos. Aussi ne vit-elle pas le jet puissant détacher les minces plaques de terre recouvrant son dos tel un étrange puzzle, mettant à nu de fines griffures serpentant le long de sa colonne vertébrale. L'eau grise tourbillonna avant d'être aspirée dans la bonde.

Sandra ferma le robinet, attrapa une serviette et s'emmitoufla dedans, savourant le contact moelleux de l'éponge avant qu'un courant d'air froid ne vienne désagréablement interrompre ce court répit. Elle s'assura que la fenêtre était bien fermée et, d'un geste rapide, ôta la buée qui recouvrait le miroir. Le petit cri qu'elle poussa et l'accélération brutale des battements de son cœur l'étonnèrent elle-même. La scène n'avait duré qu'un quart de seconde. Mais pendant ce bref laps de temps, Sandra avait cru voir autre chose que son reflet dans la glace : juste à côté de son visage qui commençait à reprendre des couleurs, deux yeux rouge sang qui dardaient sur elle une lueur malveillante. D'une main hésitante, Sandra effleura le miroir. Elle rit nerveusement, s'amusant de sa propre frayeur. Le manque de sommeil et l'excès d'alcool ne faisaient pas bon ménage. Elle essaierait d'y penser la prochaine fois. Mais elle croisait les doigts pour qu'il n'y ait pas de prochaine fois. S'apitoyer sur son sort n'était pas le genre de Sandra, toutefois elle estimait – sans mauvais jeu de mots – avoir suffisamment trinqué hier soir. À ce tarif-là, pas question qu'elle soit la seule. Elle se passa un rapide coup de brosse, enfila un chemisier en coton mauve qui lui donnait à peu près bonne mine et un jean moulant, son préféré, dont elle aurait pensé en d'autres circonstances qu'il épousait à merveille la forme de ses jambes. Sur la table basse du salon, près du cendrier rempli de mégots, elle attrapa ses clés de voiture. Il lui faudrait ranger tout ce bazar en rentrant. Elle avait cassé un verre hier soir et réalisa qu'elle s'était coupée. Une profonde entaille cisaillait sa main droite. Par terre, parmi les éclats, à côté du vieux bracelet en argent qu'elle gardait comme un talisman, elle ramassa son téléphone portable. Et celui de Claire. La vague de colère qu'elle avait à grand-peine repoussée hier soir revint à la charge, plus forte encore.

Chapitre 2

Dans la forêt, le jour

Falmouth, été 1991

Maman allait la disputer, ça ne faisait pas un pli. Sandra regardait tour à tour le bas déchiré de sa robe en dentelle, puis le corps désespérément inerte du canari. Dans sa chambre mansardée, accroupie sur l'épais tapis de laine, face aux motifs délicats de la tapisserie à fleurs, la petite fille espérait que sa mère n'avait pas entendu le drame qui venait de se jouer. Maman l'avait pourtant mise en garde. Elle avait cédé à ses suppliques – lui acheter un animal pour son huitième anniversaire – à la condition qu'elle en prenne soin. La volonté de Sandra de posséder un chien avait animé bien des conversations au cours des repas du soir. Oui, elle s'occuperait de Jack, le sortirait, lui remplirait sa gamelle, le brosserait, ne s'amuserait pas à lui tirer les pattes ou toute autre taquinerie qui jaillit souvent dans l'esprit des enfants. Dans une ultime tentative pour obtenir ce qu'elle voulait, elle avait insisté sur le prénom trouvé au petit compagnon qu'elle imaginait déjà ramassé en une boule de poils au pied de son lit. Malheureusement, aucun de ses arguments n'avait réussi à convaincre sa mère, qui du coup apparaissait à Sandra d'une cruauté sans borne. Le visage affligé, sans trop en faire quand même – Sandra connaissait la limite subtile où le regard embué et rougi exaspère plus qu'il n'apitoie –, elle avait alors cherché un appui du côté paternel, dès que sa mère avait tourné le dos pour vaquer à ses occupations. Sans plus de succès.

Josh Denison jugeait pourtant son épouse parfois trop dure envers leur fille. Martha avait reçu l'éducation stricte d'un pasteur à cheval sur les principes et n'acceptait pas de dérogation aux règles fixées sous son toit. Sandra n'échappait jamais à la prière du soir et Josh se félicitait de cette rigueur morale. En revanche, il ne comprenait pas les emportements de Martha pour des motifs qui lui apparaissaient futiles : une sucrerie prise dans un tiroir sans permission, une robe blanche maculée d'une petite auréole de terre époussetée en vain au retour du jardin. Ces « incartades », comme les appelait Martha, valaient à Sandra une punition sans sommation ni procès, qu'elle endurait consignée dans sa chambre, privée de repas. Debout devant la fenêtre, l'estomac noué par la faim, l'enfant ruminait alors en silence son ressentiment envers cette mère sèche dont rien n'infléchissait jamais la décision. Josh se plaisait à croire que l'arrivée d'un second enfant adoucirait sa femme, autrefois si gaie et aujourd'hui devenue un peu revêche. Seules les réunions hebdomadaires à la paroisse du quartier et son groupe de lecture, une fois par mois, semblaient lui procurer encore quelque satisfaction.

Dans le secret de son cœur, Martha se sentait prise en tenaille entre la frustration et la jalousie. Et elle réprimait à grand-peine ce tiraillement intérieur chaque fois que Josh dispensait la moindre – et somme toute naturelle – preuve d'affection à sa fille. Parfois, elle regrettait non pas la naissance de Sandra, mais ce temps béni où elle était l'unique objet de l'affection de son mari. Josh souhaitait ardemment que le couple donnât un petit frère ou une petite sœur à Sandra. Elle le savait, bien qu'il n'en ait jamais clairement exprimé le désir. Mais elle ne se sentait pas prête à partager davantage et s'arrangeait invariablement pour que les obligations conjugales tombent au mauvais moment de son calendrier biologique, prétextant pour cela d'invérifiables nausées ou de brusques maux de tête.

Intuitivement, Sandra devinait qu'elle faisait les frais de cette relation ratée et se demandait pourquoi les histoires des grandes personnes semblaient toujours si compliquées. Mais pour l'heure, elle devinait surtout qu'elle allait prendre une de ces fessées qui vous laissent à la fois humilié et meurtri. Car maman lui avait dit et répété d'ouvrir avec précaution la cage de Twinny pour remplir son petit bac de graines. Mais comment Sandra pouvait-elle imaginer que l'oiseau, en deux battements d'ailes, échapperait à son attention, virevoltant dans les recoins forcément les plus inaccessibles de la pièce ? Tenter de rattraper le fuyard s'était avéré ne pas être une mince affaire. Après des heures infructueuses de chasse aux papillons dans le jardin, Sandra avait retenu la leçon : pas de trophée possible sans un filet, un minimum d'adresse et beaucoup de patience. Elle s'était hissée sur son matelas, avait tendu le bras au-dessus de son armoire, à la recherche de la fine maille qui lui permettrait de renvoyer gentiment Twinny à sa place. Sur la pointe des pieds, elle avait tâtonné avant de sentir l'édredon glisser sous ses orteils et de chuter lourdement au sol. Le bas de sa robe, dont la dentelle s'était accrochée à la poignée de l'armoire, s'était déchiré dans un bruit laissant supposer l'ampleur du désastre. Sandra n'avait même pas eu besoin de regarder. Tout ça pour cette bestiole. La petite fille s'était redressée rageusement et avait bondi vers la fenêtre entrouverte, qu'elle avait claquée juste avant que l'oiseau ne s'échappe. Dans un nuage de plumes, l'animal était tombé, recroquevillé et inerte. Les deux mains plaquées sur la bouche, Sandra avait étouffé un cri rauque et s'était agenouillée devant la dépouille de Twinny.

Dans l'escalier, le pas lourd et saccadé de sa mère faisait par avance écho aux coups qui n'allaient pas tarder à pleuvoir. Martha Denison entra dans la pièce comme une furie, vit l'oiseau mort, le vêtement déchiré. Il n'en fallut pas davantage. Déjà, Sandra pleurait, suppliant sa mère d'écouter ses explications. Mais Martha Denison n'en avait cure. Elle agrippa l'enfant par le poignet, la jeta sans ménagement à plat ventre sur le lit, retroussa la robe qui occasionnait à Sandra tous ces ennuis et descendit brutalement sa culotte en coton. La fessée, copieuse, sembla durer une éternité. Martha n'arrêta que lorsque le plat de sa main devint douloureux. Remettant ses cheveux en ordre, elle reprenait son souffle et s'apprêtait à quitter la pièce lorsqu'elle se retourna. Le visage noyé de larmes, Sandra n'osa pas regarder sa mère, de peur de déclencher un nouvel accès de fureur. Mais Martha ne faisait pas marche arrière pour elle. Avec un soupir d'exaspération, elle ramassa le corps de l'oiseau, qui atterrit une minute plus tard sur les épluchures de pommes de terre tapissant la poubelle de la cuisine. Cette fichue gamine l'avait mise en retard pour son rendez-vous à la chorale. Elle rajusta sa jupe, enfila ses chaussures, attrapa son sac à main et claqua la porte d'entrée.

Dans sa chambre, Sandra se releva avec mille précautions. La peau lui cuisait encore. Elle ravala ses larmes. Ce n'était ni la première ni la dernière fois qu'elle subissait les foudres maternelles. Plus tard, elle ferait semblant d'en rire avec Claire, sa meilleure copine. Elle lui raconterait comment elle avait encaissé dix coups avant de pleurer. Bon d'accord, cinq, mais Claire n'en saurait jamais rien. Pour l'instant, Sandra avait d'autres chats à fouetter. Elle avait entendu le cliquetis métallique de la poubelle, le claquement assourdissant de la porte d'entrée, le toussotement du moteur de la voiture de maman. Elle descendit dans la cuisine afin d'y récupérer Twinny. Elle s'était promis de se retenir, mais ses yeux s'embuèrent à nouveau à la vue de l'oiseau mort, autour duquel les épluchures de légumes éparses formaient un ridicule linceul. Non, Twinny ne finirait pas comme ça. Dans la commode qui lui faisait face, elle saisit la boîte rectangulaire en aluminium où sa mère rangeait les gâteaux secs, la vida de son contenu, y plaça doucement le corps de l'animal. L'initiative lui vaudrait une nouvelle correction, à n'en pas douter. Pour l'heure, elle s'en moquait et repoussa cette pensée à plus tard. La boîte métallique sous le bras, elle courut vers la forêt, en quête d'un endroit convenable pour enterrer son minuscule compagnon. Elle s'apprêtait à pénétrer dans le sous-bois lorsqu'un craquement lui fit ralentir le pas. Alors que la lumière peinait déjà à se frayer un chemin au travers des épais feuillages, soudain, tout lui parut plus sombre, plus froid, plus inquiétant. Apercevant la branche noueuse qui avait cédé sous son pas, elle se sermonna. Les grandes filles n'ont plus peur dans les bois. Toutefois, Sandra décida que l'aventure s'arrêterait là. Elle observa l'emplacement où ses craintes enfantines l'avaient fait stopper net, estima que le grand chêne à sa droite, sur un monticule, ferait l'affaire. Tenant consciencieusement la boîte à deux mains, elle grimpait en direction de l'arbre lorsque son pied gauche glissa dans la boue, l'obligeant à se rattraper maladroitement aux branchages qui jonchaient le sol. Elle pesta en sentant les piqûres sur ses doigts. Maudites ronces. Déjà, le sang perlait sous ses ongles. Sa robe déchirée et maintenant salie avait piètre allure. Elle tenta d'enlever les morceaux gluants et bruns incrustés dans le tissu, mais ne réussit qu'à étaler la tache. Elle espérait que Twinny, au moins, appréciait ce qu'elle faisait pour lui. Elle creusa la terre au pied du chêne, se félicitant que la pluie tombée la veille l'aidât dans sa besogne. Le trou n'était pas encore assez profond pour y déposer la boîte. Plus que quelques centimètres et le tour serait joué. Plusieurs petites pierres blanches qu'elle avait repérées sur le chemin formeraient même une assez jolie décoration. Ses doigts écorchés d'où s'écoulaient de fines gouttelettes rouges lui faisaient mal. Sandra râlait en s'agenouillant dans la terre quand elle l'entendit glisser de la petite poche de sa robe. Le beau bracelet en argent trouvé l'autre jour. Après tout le mal qu'elle s'était donné pour le récupérer, pas question de le perdre aussi bêtement. Elle le ramassa et le remit à sa place, puis acheva sa besogne avant de lancer un dernier baiser à Twinny.

Chapitre 3

La première nuit

Comme elle s'y attendait, Sandra reçut une nouvelle fois de sa mère une bonne fessée. Mais, devant les protestations de Josh, Martha capitula et envoya la petite fille dans sa chambre.

– On ne tirera rien de bon de cette enfant, lâcha Mme Denison, sûre de sa prophétie.

Puis elle se lança dans une litanie fielleuse où elle rabâchait son épuisement à devoir mettre Sandra au pas.

– Ça suffit ! l'interrompit sèchement son mari. La vérité, c'est que tu passes tes nerfs sur elle. Tu te venges, on se demande bien de quoi. Arrête donc d'aboyer et tu seras peut-être moins fatiguée. Après tout, il y a peut-être une raison, si elle ne t'aime pas !

La réplique de Josh avait fusé, cinglante, giflant Martha et la laissant bouche bée dans le silence pesant de la cuisine. Son visage déformé par la haine s'empourpra. La surprise que Josh lui tienne tête, sans doute.

– Très bien, je suis seule contre deux sous mon propre toit, mais pas pour longtemps, cracha Martha au bout d'un moment.

Ménageant son effet, elle défia son époux du regard.

– Si ta petite chérie ne change pas radicalement d'attitude, je l'enverrai au pensionnat dès la rentrée prochaine.

En haut de l'escalier, Sandra n'avait pas perdu une

miette de la conversation. Elle serrait les poings, sentant à peine les ongles mordre la chair tendre et rose de ses paumes. À présent, les obscurs desseins de sa mère lui apparaissaient plus clairement. Le « si » n'était qu'une formule hypocrite destinée à duper son mari. On prétend un chien malade pour mieux s'en débarrasser. En réalité, la décision de Martha était déjà prise et elle manœuvrerait en ce sens. Une larme de rage, chaude et salée, coula sur la joue de la fillette. Pour la première fois, elle s'avoua sans honte qu'elle détestait sa mère.

– J'en ai assez entendu. On en reparlera à mon retour. D'ici là, tu seras peut-être calmée.

À bout de nerfs, Josh sortit de la pièce. Il grimpa quatre à quatre les escaliers et ne put réprimer un pincement au cœur devant la mine déconfite de Sandra. Il la prit dans ses bras et la serra longuement contre lui.

– Ne t'inquiète pas…
– Ne la laisse pas faire, je t'en supplie, lui dit-elle.
– Ma puce, je te le promets. Va au lit maintenant. Tu sais que je dois partir à Boston pour le travail mais je t'appellerai. Trois jours, c'est vite passé. Tu ne te rendras même pas compte que je suis parti.
– Avec elle, aucun risque que j'oublie.

La spontanéité de Sandra arracha malgré lui un sourire à Josh. À regret, il coucha la fillette, déposa un dernier baiser sur son front.

– Fais de beaux rêves, glissa-t-il sur le pas de la porte comme chaque soir.

Puis il regagna le rez-de-chaussée et saisit la mallette de voyage qu'il avait préparée à la hâte en rentrant du bureau. Il n'y avait que deux petites heures de route jusqu'à Boston, mais Josh préférait partir avant la tombée de la nuit. Entrouvrant sa sacoche, il s'assura une dernière fois que tous ses dossiers s'y trouvaient. Un oubli serait du plus mauvais effet au congrès annuel du laboratoire pharmaceutique qui l'employait comme délégué médical. Récemment nommé chef de secteur, c'est à lui qu'incombait cette année la responsabilité d'ouvrir le séminaire en présentant les chiffres du produit phare de la maison, un calmant dont les ventes exceptionnelles lui avaient valu sa promotion.

– Martha, j'y vais. Je te téléphonerai à mon arrivée, lança-t-il à tout hasard à son épouse, en quête d'une esquisse de réponse, d'un timide geste de la main ou simplement d'un regard, fût-il encore courroucé.

Assise sur le canapé du salon, elle lui offrit en guise d'au revoir un visage obstinément baissé vers un de ses magazines féminins, feuilleté à grand bruit comme à chaque déclenchement des hostilités conjugales.

Josh jugea préférable de ne pas insister. Il tourna les talons, embarqua ses affaires dans le coffre de sa voiture, s'assit au volant en prenant bien soin de ne pas froisser son pantalon, ainsi que le lui recommandait Martha. Sa maniaquerie, certes usante à la longue, ne présentait pas que des mauvais côtés, il devait en convenir. Dans le rétroviseur, ébloui par le soleil rasant, il jeta un dernier coup d'œil à la maison. Il attendait que les points lumineux dansant derrière ses paupières disparaissent lorsqu'il fut soudainement assailli par un sentiment oppressant de malaise. Comme s'il faisait ses adieux à cet endroit. Il éprouva le besoin de regarder à nouveau en arrière pour graver dans son esprit l'image des tuiles grises, des volets en bois blancs et du tourniquet oscillant au gré du vent.

– Ça suffit mon vieux, tu deviens gâteux, lâcha-t-il à voix haute en mettant le contact.

Il secoua la tête, s'efforçant de chasser ses idées noires. Et bien décidé à prendre un whisky à son arrivée à l'hôtel.

Cette nuit-là, à Boston, Josh ne parvint pas à trouver le sommeil.

Il déserta l'hôtel, n'ayant aucune envie de se retrouver nez à nez avec ses collègues qui s'étaient attardés au bar pour disserter sur les vertus comparées des différents antidépresseurs disponibles sur le marché. Dans une rue adjacente, il tomba sur un pub dont les néons bleu électrique clignotants semblaient l'inviter à entrer. Josh poussa la lourde poignée en laiton de la porte. Un rapide coup d'œil circulaire lui permit de constater qu'il n'était pas le seul à souffrir d'insomnie. Dans la tanière lambrissée dont la décoration fanée fleurait bon les années cinquante, deux hommes, la quarantaine bedonnante, tournaient autour d'un billard. Sur une banquette en cuir marron au fond de l'établissement, trois autres contemplaient leur verre en silence. Josh s'assit sur un tabouret, le plus près possible de la sortie. Il n'avait aucune envie de passer pour une âme en peine désireuse qu'on vienne lui tenir compagnie. Il commanda le whisky dont il avait envie depuis son départ de Falmouth, et agita doucement les glaçons en se demandant s'il n'aurait pas dû insister plus tôt dans la soirée alors que Martha ne décrochait pas le téléphone.

Cette nuit-là, à Falmouth, Sandra fit un rêve étrange.

Derrière les frondaisons, là où tout devient plus sombre, plus froid, plus inquiétant, *Il* avait entendu son appel. *Il* avait vu l'offrande enfouie au pied du grand chêne, senti le sang couler sur le talisman. Les yeux rouges sortaient de la forêt. Rampant à travers les feuilles et la boue, *Il* trouverait l'enfant qui avait montré le passage. Ses griffes acérées se refermeraient sur elle. *Il* se nourrirait de la colère enfouie au plus profond de son cœur.

L'angoisse faisait suffoquer Sandra. Le songe, au départ

bizarre, était devenu affreux. Elle devait s'en échapper au plus vite. Se réveiller. Mais pourquoi n'arrivait-elle pas à ouvrir les yeux ? Elle essaya en vain de se redresser et de se débarrasser du morceau de plastique qui recouvrait son nez et une partie de son visage, et contre lequel crissaient d'autres ongles que les siens. Ceux de la créature, peut-être ? Le petit bracelet trouvé l'autre jour tintait dans sa poche pendant que son corps était bringuebalé comme une poupée de chiffon. Elle voulait parler mais, curieusement, aucun son ne sortait de sa bouche.

Le médecin urgentiste maintenait fermement le masque à oxygène pendant que, derrière lui, les secours s'activaient pour éteindre les flammes qui ravageaient la maison des Denison. Soudain, les poutres du toit s'affaissèrent dans un horrible craquement, laissant tout juste le temps aux pompiers de s'éloigner du tourbillon de braises.

– C'est le traumatisme crânien qui m'inquiète le plus. On l'emmène, vite.

L'homme fit signe aux infirmiers de monter la civière dans l'ambulance.

Légèrement en retrait, le shérif Stockwood observait la scène.

– Heureusement que cette Mme Kinley a vu l'incendie en promenant son chien, dit-il à son adjoint. Sans ça, on n'aurait peut-être pas pu sauver la petite. D'après une voisine, une certaine Mme Jenkins, le père descend toujours dans le même hôtel quand il doit rester à Boston. Elle m'a donné le nom. Je vais l'appeler.

Le policier jeta un dernier regard au brasier avant de remonter dans sa voiture. Dire qu'il avait récemment collé une contredanse à Josh Denison... « Pauvre type », pensa-t-il en cherchant les mots justes pour lui apprendre le décès de sa femme. « J'imagine s'il avait aussi perdu sa fille. »

Chapitre 4

En attendant

Nonchalamment, Sandra tapotait de la pointe de son stylo le cuir épais recouvrant son bureau. Elle repensait à sa brève conversation avec Claire. Quelque chose la chiffonnait. Elle aurait aimé sentir son amie plus enjouée à l'idée de passer cette soirée ensemble. Du coup, son propre enthousiasme tombait un peu à plat. Mais le refus de Mark n'était sans doute pas non plus étranger à son brusque accès de mélancolie. Il était 18 h 30. Les longs flots de voitures qui s'étiraient comme des tentacules depuis Manhattan commençaient à s'étioler. Le bon moment pour partir. La jeune femme éteignit son ordinateur, enfila sa veste, prit son sac à main et son attaché-case. En quittant les lieux, elle regretta aussitôt le coup d'œil discret lancé à son amant : avec ses lunettes plantées sur le bout du nez, l'air ostensiblement absorbé dans ses dossiers, il ne daigna pas même lever la tête à l'écho feutré de ses talons aiguilles sur la moquette. Pourtant, elle aurait juré l'avoir vu jeter subrepticement un regard en entendant le bruit sourd de la porte que Sandra venait de refermer. Depuis quelque temps, Mark avait le chic pour lui donner l'impression qu'elle était invisible. En appuyant sur le bouton de l'ascenseur qui menait au parking souterrain, elle décida qu'elle lui en toucherait deux mots le lendemain. À n'importe laquelle de ses amies qui lui aurait raconté une scène semblable et lui aurait demandé un conseil, Sandra aurait répondu que, franchement, tout ça sentait la rupture à des kilomètres. Une sensation de brûlure dans la poitrine lui indiqua à quel point la tournure des événements lui déplaisait. D'accord, ils ne s'étaient rien promis, hormis de partager de bons moments ensemble. Le batifolage avait commencé il y a trois ans dans le bureau de son collègue, un soir, après des heures à étudier une affaire que le patron, Kyle Hartmann, leur avait demandé de traiter ensemble. Entre eux, le courant était immédiatement passé. Lorsque leurs regards se croisaient, une légère tension, comme des picotements, parcourait le corps de Sandra et emplissait l'atmosphère. La lueur dans les yeux de Mark, sa façon de lui parler trahissaient son attirance. Ce soir-là, quand elle avait fait tomber un des plateaux-repas commandés pour leur séance de travail en tête-à-tête, il s'était accroupi pour l'aider à le ramasser. Au moment où elle riait de sa maladresse, la main de Mark avait effleuré la sienne. Il s'était penché pour l'embrasser, timidement d'abord, avant de l'empoigner par la nuque et de presser plus fort sa bouche contre la sienne. Rapidement, le chemisier de Sandra avait fini par terre. Puis Mark l'avait soulevée et posée sur le rebord de son bureau, ne prenant pas la peine de la déshabiller davantage, remontant sa jupe, écartant la fine culotte de soie avant d'entamer un long va-et-vient. Les jambes enserrées autour de la taille de Mark, Sandra s'était abandonnée, les yeux mi-clos, à la délicieuse chaleur dans son bas-ventre quand, dans le couloir, le son bourdonnant d'un aspirateur lui avait fait remettre les pieds sur terre. Minuit… Et l'équipe de nettoyage à pied d'œuvre. Comme des collégiens surpris en train de se bécoter dans les toilettes, ils avaient pouffé de rire devant leurs joues empourprées et leurs cheveux ébouriffés, en renfilant leurs vêtements à la hâte. Longtemps après, ils s'amusaient encore de la scène. Le bureau avait cédé la place à l'appartement de Sandra, où un tiroir de commode accueillant quelques effets personnels de Mark nuançait l'absence de promesse. Le temps jouait pour Sandra, elle le savait. Au fur et à mesure que sa petite fille grandirait, Mark se sentirait de moins en moins coupable à l'idée de partir. De ce que Sandra connaissait de la situation, lui et l'officielle Mme Stanton, médecin au centre hospitalier Cornell, avaient privilégié leurs carrières respectives et vivaient davantage en colocataires qu'en époux. Il y a deux mois d'ailleurs, au détour d'un café pris comme chaque matin avant la réunion des collaborateurs du cabinet, Mark avait, pour la première fois en trois ans, émis ouvertement l'hypothèse de divorcer. Certes, le cœur de Sandra avait battu un peu plus vite, mais elle n'en avait rien laissé paraître, se contentant simplement de donner à Mark les coordonnées de son amie Claire. Au cas où. Ni l'un ni l'autre n'avait ensuite à nouveau abordé le sujet. Des non-dits, encore et toujours. De ça aussi, il faudrait parler demain. En sortant de l'ascenseur, clés de voiture en main, Sandra hésita un instant. Ne fallait-il pas remonter voir Mark maintenant et crever l'abcès pour de bon ? Ces tergiversations la fatiguaient. Peut-être son ami était-il simplement accaparé plus qu'à l'accoutumée par son travail. Elle, mieux que quiconque, pouvait – devait – le comprendre. Assise au volant de son cabriolet, elle s'en voulut soudain de se comporter comme une gamine inquiète, en proie aux affres de son premier amour.

Comme prévu, la circulation un peu moins dense en ce début de soirée permit à Sandra d'arriver assez rapidement à l'élégante épicerie qui venait d'ouvrir en bas de chez elle. La jeune avocate avait pris soin de passer commande avant de quitter le travail, aussi n'eut-elle pas à faire la queue. Tant mieux. Elle se sentait lasse. Ses paquets sous le bras, elle pensait déjà à la douche bien chaude qui l'attendait. Il ne faudrait pas oublier de mettre la bouteille de champagne au réfrigérateur. Dans le salon, elle dresserait la table basse avec une attention particulière, sortirait les coupes en cristal. Puis remettrait un peu d'ordre dans son appartement en attendant Claire.

Chapitre 5

Le message

L'interphone sonna peu avant 21 heures, tirant Sandra de la douce mélancolie où l'avaient fait plonger ses souvenirs. Assise en tailleur sur le parquet du salon, adossée au canapé dans un ensemble d'intérieur en soie pêche, la jeune femme, ses longues mèches de cheveux ramenées derrière les oreilles, tenait entre les mains un album photo. Les fêtes de Noël avec papa dans le petit pavillon de Clifton où ils avaient emménagé après le drame, devant le sapin décoré avec application. Une montagne de cadeaux savamment enrubannés, une jolie robe rouge, avec des boutons ressemblant à des flocons blancs, resserrée à la taille par une ceinture argentée, un sourire innocent et des yeux pétillants. La vie sur papier commençait là, l'incendie de la maison familiale ayant réduit en fumée tout ce qui faisait l'ordinaire des Denison. Une ombre voilait déjà le regard de papa. La culpabilité, mais Sandra ne le comprendrait que plus tard. Des têtes bouclées soufflant les bougies de gâteaux d'anniversaire dégoulinant de crème. Le vélo avec lequel elle avait écumé le pâté de maisons, si bien que les kilomètres mis bout à bout auraient sans doute suffi à boucler un tour du monde, comme se plaisait à le répéter papa en la surveillant du coin de l'œil, debout derrière la fenêtre de la cuisine. Puis l'enfance qui s'en va sur la pointe des pieds, laissant la place aux seins bourgeonnant sous le tee-shirt de la jeune fille qui s'essaie timidement à la transgression avec le premier rouge à lèvres. Tiens, la coupe de cheveux a changé à la fin du lycée. Un Polaroid délavé où Sandra grimace, tirant la langue en s'appuyant contre Claire, qui tenait l'appareil. Les deux amies d'enfance s'étaient perdues de vue après la tragédie de Falmouth, sans toutefois rompre complètement le contact. Elles avaient renoué sur les bancs de l'université de New York, tombant dans les bras l'une de l'autre comme si elles ne s'étaient jamais quittées. Autre cliché, nouvel assaut de souvenirs. Une bande de copains hilares estropiée par les ciseaux rageurs de Sandra, qui avait découpé l'image de David, sanction puérile mais justifiée : son petit ami l'avait larguée après avoir obtenu ce qu'il voulait sur la banquette arrière de sa Mustang. Bien sûr, elle ne pouvait s'en prendre qu'à elle-même. Son amie Claire l'avait prévenue : autant s'attendre au pire avec un de ces sales types de l'équipe de football, qui collectionnaient les rancards comme les points. Ou alors, il fallait le plaquer avant que lui-même n'en ait l'idée et ainsi devenir la star du campus, celle vers qui se tournent des yeux envieux et respectueux. De toute façon, le destin s'était chargé de punir David, et d'une façon atroce. Quelque temps après, le bourreau des cœurs et sa voiture de tombeur avaient fini fracassés en contrebas du talus où David amenait ses conquêtes et gravait des encoches sur un chêne pour en indiquer le nombre. Même sa mère n'avait pas pu reconnaître son visage transformé en bouillie. D'après les examens médico-légaux, David avait un peu trop forcé sur la bouteille ce soir-là. Il s'était probablement assoupi et avait raté le virage avant de dévaler la pente. La police n'ayant rien trouvé qui suggérât la présence d'une tierce personne sur les lieux du drame, l'enquête en était restée là. Page suivante. La cérémonie de remise des diplômes dans les imposantes toges noires, avec l'air qui s'impose. Puis le portrait de Josh enlaçant sa fille chérie à la tribune, si fier, les cheveux grisonnants et de fines lunettes cerclées d'or sur le bout du nez.

Au bruit grésillant de l'interphone, Sandra referma l'album qu'elle avait commencé à feuilleter une demi-heure auparavant. Saisie d'une brusque envie de revoir toutes ces émotions figées sur papier, elle avait exhumé, du placard de l'entrée, sur l'étagère du haut, la lourde boîte en carton qui renfermait ses souvenirs. Il faudrait absolument qu'elle montre les photos à Claire, en particulier le Polaroid où elle faisait cette affreuse grimace. Curieusement, elle ne se rappelait pas où la scène avait été immortalisée. Elle se releva d'un mouvement rapide, posa l'album sur la table basse en verre du salon, puis actionna le bouton permettant à Claire d'accéder au hall de l'immeuble. Quelques secondes plus tard, celle-ci toquait à la porte.

– T'as vu ça, j'ai réussi à venir en avance, lança-t-elle dans un grand sourire tandis que Sandra ouvrait le lourd battant et s'écartait pour la laisser entrer.

– Heureusement pour toi. Ici, tout retard se paye en bouteille.

– J'en ai apporté une quand même, je dois rester dehors ? demanda Claire en tendant le champagne à son amie.

– Avec la mienne, ça fait deux. On sera donc en bonne compagnie, plaisanta Sandra.

La soirée se déroula sur le même ton enjoué et léger qu'affectionnaient Claire et Sandra quand elles se retrouvaient. Assises par terre de chaque côté de la table basse, une coupe à la main, elles échangèrent d'abord les banalités d'usage sur le travail, les mariages de collègues, les naissances, les ruptures. Avant d'en venir inévitablement à Mark. Histoire de dérider son amie, devenue maussade à la simple évocation de ce dernier, Claire extirpa son portable de son sac à main, qu'elle avait conservé près d'elle, passa un bras autour des épaules de Sandra, leva de l'autre son téléphone pour cadrer la photo le mieux possible.

– Celle-là, on la garde. Je te promets que si on n'a pas trouvé de mec potable dans vingt ans, je change de bord et on termine nos vieux jours ensemble.

Éclat de rire de Sandra, fin du chapitre. Elles achevèrent de passer en revue leurs vieux souvenirs : les joies d'enfant à Falmouth, les heures à se courir après dans les bois, à se fabriquer d'improbables tipis avant la divine intervention de Josh Denison, qui leur avait construit une petite cabane dans les arbres. Les flirts au lycée, les lettres d'amour lues en secret sous la couette et maladroitement cachées sous l'oreiller, ce prof de droit aux yeux vicieux qui ne convoquait dans son bureau que les filles en jupe... Et l'incendie, la mort de David, le temps qui fuit si vite.

Sandra proposa à Claire de jeter un œil à l'album photo, qu'elle avait remis dans la boîte en carton au pied du canapé.

– Tiens, tu as gardé ce truc-là... s'étonna Claire en sortant le bracelet en argent que Sandra avait déniché peu de temps avant d'avoir malencontreusement tué son canari.

La mésaventure lui avait valu une robe déchirée et une bonne fessée. La dernière que devait lui donner sa mère.

— Si je ne m'abuse, je crois que Claire Jenkins a encore, bien caché au fond d'une armoire, l'ours en peluche crasseux et borgne que sa mère avait tiré pour elle à la fête foraine pour ses quatre ans, non ? lui répondit Sandra en haussant un sourcil taquin.

— Mais moi, je ne me suis jamais tourné de film en imaginant que mon ours en peluche avait des pouvoirs, lança Claire en mimant un coup de poing dans l'épaule de Sandra. Non, sérieusement, à la fac, je me rappelle que tu le gardais toujours dans ta poche, sans jamais le passer au poignet. Pourquoi tu faisais ça ? questionna Claire en examinant la plaque où l'usure du temps avait effacé le nom initialement gravé.

— Je l'avais sur moi le jour où c'est arrivé, à Falmouth. Tu sais de quoi je parle. Tu vas trouver ça idiot, mais après, je me suis mis en tête que j'en avais réchappé grâce à lui et qu'il arriverait à nouveau malheur si je ne le gardais pas sur moi, même avec son fermoir cassé. J'admets que c'est absurde mais on a tous nos petites marottes. Ensuite, je n'y ai plus vraiment pensé jusqu'à la mort de David. J'ai fait un cauchemar complètement dingue où, ne me demande pas comment, le bracelet avait en quelque sorte provoqué l'accident. Tu vois le genre, comme dans les films d'horreur. Ce n'était pas exactement le bracelet d'ailleurs, plutôt une espèce de mauvaise aura liée à l'objet. Toujours est-il qu'à ce moment-là, ça m'a fichu les jetons. Je l'ai rangé dans la boîte à souvenirs qui trône devant toi.

— Moi, à ta place, ça ferait ni une ni deux, je le jetterais à la poubelle.

— Non, aussi bizarre que ça puisse paraître, j'y suis attachée. Tu comprends, on a tout perdu dans l'incendie. Pour moi, ce serait un peu un sacrilège de jeter une trace de cette époque-là.

– Ouais… la discussion devient trop psychanalytique pour moi, éluda Claire, dont la nature joyeuse s'accommodait mal de ce genre de confidences. Je crois que je préfère les choses plus terre à terre. Je te ressers un peu de champagne ?
– Volontiers. Il y a bien déjà dix minutes qu'on n'a pas trinqué, non ?
Claire et Sandra portèrent un toast au passé qui reste à sa place, à l'avenir à construire, et surtout au présent, à apprécier sans modération.
Deux heures et deux bouteilles de champagne plus tard, Claire, passablement éméchée, mit fin aux réjouissances.
– Tu ne préfères pas rester dormir, suggéra Sandra devant l'œil vitreux et la démarche hésitante de son amie.
– Je dois me lever tôt demain, j'ai rendez-vous au tribunal à 8 h 30, expliqua Claire en enfilant son manteau. Désolée, j'aurais aimé rester… On remet ça le plus vite possible, d'accord ?
– Avec plaisir. Bon divorce, en attendant, dit Sandra en souriant avant de serrer son amie dans les bras et de refermer la porte derrière elle.

La jeune femme retourna dans le salon. Elle regarda en passant le cadran lumineux indiquant l'heure tardive dans la cuisine. Luttant contre la fatigue et les verres en trop qui lui pesaient sur les paupières et la faisaient bâiller, Sandra estima qu'il valait mieux ranger le plus gros maintenant, plutôt que de courir, demain matin, la brosse à dents dans une main, une éponge dans l'autre. Sans enthousiasme, elle retapa les coussins qui s'affaissaient mollement sur le canapé, puis attrapa les deux coupes en cristal, quand un signal sonore lui fit tendre l'oreille. Claire avait oublié son téléphone portable, qui vibrait par petits à-coups sur la table en verre, venant troubler le silence de la nuit. « Il faudra que je le lui rapporte avant d'aller au bureau », songea Sandra. Puis, alors qu'un deuxième bip indiquant probablement l'envoi d'un message retentit, elle reposa les coupes et, mue par un élan de curiosité, saisit l'appareil, avec un brin de mauvaise conscience qui se dissipa rapidement. Après tout, s'il s'agissait d'un appel urgent, elle pourrait toujours joindre Claire à son domicile et marmonner de brèves excuses en faisant mine de lui avoir rendu service. L'écran tactile n'était pas verrouillé par un code.

– Tu n'es pas prudente, Claire, murmura Sandra. Surtout pour une avocate.

Les deux icônes apparurent. L'appel manqué et le message. Et ce prénom si familier, Mark. La main tremblante, pressentant que la suite ne lui plairait guère, Sandra effleura l'écran. Elle blêmit en reconnaissant le numéro. Soudain, la tête lui tourna. La bouche sèche, les paumes moites, une sensation d'oppression dans la poitrine, elle s'assit lentement sur le canapé. Puis elle ouvrit le message.

« Dépêche-toi, déjà chez toi, je t'attends. »

Le souffle saccadé, elle commençait à comprendre. Sans parvenir à s'avouer clairement les choses. Le choc était trop brutal. Assommé par le coup, son cerveau fonctionnait au ralenti. Le temps lui-même parut se figer, puis repartir en arrière comme le balancier d'une horloge. La gêne de Mark quand elle lui avait proposé de fêter sa promotion. L'air ennuyé de Claire à l'idée de passer justement ce soir. Hébétée, elle se leva maladroitement et se dirigea vers le buffet, son genou heurtant au passage l'angle de la table. Machinalement, elle sortit une bouteille de gin et le paquet

de cigarettes, quasiment plein, auquel elle n'avait pas touché depuis des mois. L'alcool emplit la coupe où le champagne avait coulé il y a une heure à peine. Sandra but d'une traite, se resservit un verre et alluma sa cigarette, fixant le bout rougeoyant. Les volutes de fumée lui piquaient les yeux. Où étaient-ce les larmes ? La cruelle évidence se frayait un chemin dans son esprit. La bougie allumée en début de soirée, posée à côté des assiettes, faisait danser des ombres au plafond. Bientôt, la flamme s'éteindrait. Comme l'illusion de son histoire d'amour. Déchirée entre l'envie d'arrêter le supplice et le besoin de savoir, elle reprit le téléphone. Puis, dans le menu, déroula les messages. Un par un, comme autant d'aiguilles plantées à chaque fois dans son cœur. Les deux personnes qu'elle pensait les plus proches, hormis son père, l'avaient trahie sous son nez, comme dans les scénarios à la guimauve de ces feuilletons télé dont elle se moquait. Comment avait-elle pu être aussi stupide, aussi naïve, aussi aveugle ? Voilà ce qui arrivait quand on baissait la garde, qu'on accordait sa confiance. En suggérant à Mark de rencontrer Claire pour préparer sa séparation d'avec Monica Stanton, elle avait introduit le loup dans la bergerie. Avec elle, il avait certainement usé des mêmes stratagèmes que ceux employés pendant leur relation pour berner son épouse : un rendez-vous avec un client qui s'éternise en soirée, un dossier en retard à boucler pour le lendemain, un séminaire de travail étalé sur le week-end...
La liste des alibis était longue, réutilisable à l'infini, quelle que soit la femme dans son lit. Tant de cynisme l'effarait. Qui, de Claire ou Mark, avait séduit l'autre, l'avait frôlé dans un premier frisson ? Qui avait lancé le premier regard ambigu, donné le premier baiser ? Elle ne le saurait jamais. Elle resterait avec son amertume,

ses regrets, et ses doutes sur la sincérité de tous les moments passés avec Mark depuis le début.

Dans la liste des messages, chaque mot l'écorchait à vif. Pourtant, elle ne put s'empêcher de dérouler le fil de la relation qui s'était nouée dans son dos, de lire à en avoir de plus en plus mal, comme pour se prouver qu'elle n'avait pas rêvé : « On peut se voir demain. » « Rejoins-moi à la maison, 21 h. » « Très envie de toi. » « C'était bon. » « À ce soir. » « Pas ce soir, désolé. » « Je t'aime. »

Lorsque le verre éclata entre ses doigts crispés, entaillant profondément la paume de sa main, elle ne perçut aucune douleur. En poussant un cri de rage, elle balaya du bras tout ce qui se trouvait sur la table. Les restes de ce repas immonde. L'album photo. La serviette maculée des traces d'une bouche qui embrassait son propre amant. Les vestiges de la soirée, dérisoires témoins de son chagrin, jonchèrent le sol parsemé d'éclats tranchants et de gouttes de sang.

Chapitre 6

Les regrets de Josh

Josh Denison n'avait rien oublié. Le temps avait passé mais la blessure était toujours aussi vive.

Boston, été 1991
Cette nuit-là, malgré l'agréable état de torpeur où l'avaient plongé un premier, un deuxième, puis un troisième whisky méthodiquement avalés sur le tabouret au cuir craquelé de ce pub miteux, Josh sentait qu'il ne parviendrait toujours pas à trouver le sommeil. Après avoir échangé quelques banalités avec le serveur qui, visiblement, s'impatientait derrière le comptoir en regardant furtivement sa montre, Josh jugea néanmoins préférable de mettre un terme à son escapade et de regagner sa chambre d'hôtel. Il détestait dormir ailleurs que chez lui et retardait le plus possible le moment d'aller se coucher. Quitte à se débattre le lendemain avec une migraine carabinée et des cernes qui lui fichaient un sacré coup de vieux.

En s'asseyant sur le lit, impersonnel, il ressentit un certain malaise. L'intimité des autres, dans ce qu'elle a de plus cru, des coups de reins aux soupirs alanguis, se déversait sur le matelas aux ressorts qu'il imaginait grinçant en un murmure obscène. Était-il le seul que cela dérangeât ? Il envoya valser ses chaussures à l'autre

bout de la pièce, lança sa veste sur une chaise. Martha n'apprécierait pas ces petites négligences. Martha. Impossible de la chasser de ses pensées. Après avoir jeté un dernier coup d'œil à sa voiture, en bas sur le parking, Josh s'allongea. Il se sentait las, mais il savait qu'il lui serait impossible de s'abandonner au repos que seul permet un esprit apaisé. Soudain, le téléphone posé sur la table de chevet le tira de sa torpeur, le libérant des tourments que lui infligeait sa dispute avec son épouse. Qui pouvait bien l'appeler à une heure pareille ? Josh décrocha dès la deuxième sonnerie.
– Josh Denison ?
– Lui-même.
– Ici le shérif Eric Stockwood.

Josh tressaillit et se redressa sur le lit. En une fraction de seconde, les vapeurs de l'alcool et l'engourdissement dû à la fatigue s'évanouirent, laissant la place à un désagréable picotement qui lui parcourut l'échine, comme souvent lorsqu'on pressent l'annonce d'une mauvaise nouvelle. Josh Denison et Eric Stockwood s'étaient croisés à plusieurs reprises à Falmouth. Quelques propos échangés autour d'une bière à la kermesse de la paroisse avaient permis à Josh de se forger une impression plutôt bonne de son interlocuteur. Costaud, la mâchoire carrée et un regard franc qui perçait sous le Stetson solidement vissé sur le crâne – une apparence bourrue qui tranchait avec la douceur de sa voix –, Stockwood n'était pas un de ces shérifs hargneux trop à cheval sur les principes, toujours prompts à sauter dans leur voiture, sirène hurlante, à la poursuite d'un père de famille qui aurait commis l'impair d'outrepasser à peine une limitation de vitesse. À deux reprises, il n'avait d'ailleurs pas sévi en voyant Josh Denison au volant et un peu trop pressé de rentrer chez lui, se contentant d'un simple et amical avertissement. Mais le shérif ne pouvait pas éternellement arrondir les angles et la dernière fois, il y a quelques jours, il lui avait collé une amende qui, vu les circonstances, ne lui avait fait ni chaud ni froid. Par la suite, Josh s'était souvent demandé ce qu'il serait advenu sans cet excès de vitesse. Comment de si infimes détails pouvaient-ils influer à ce point sur le cours des événements ? Le basculement entre ce monde-ci et l'autre tenait à si peu. Josh aurait tellement voulu revenir en arrière, ne pas avoir été arrêté, ne pas…

– M. Denison, il faut qu'on parle. Une connaissance, Mme Jenkins, m'a dit dans quel hôtel vous étiez descendu. M. Denison, j'ai une très mauvaise nouvelle.

Eric Stockwood avait prononcé ces quelques paroles lentement, puis s'était tu pour lui laisser le temps d'assimiler l'idée d'une *très* mauvaise nouvelle. Déjà, dans sa poitrine, Josh percevait cette brûlure intense qui vous fait croire que votre cœur va exploser ou, au contraire, qu'il va cesser de battre. Que la vie s'arrêtera, comme ça, brutalement, irrémédiablement.

– Je suis désolé de devoir vous l'apprendre… Un incendie a complètement détruit votre maison. On ne sait pas encore ce qui s'est passé. Malheureusement, les secours n'ont rien pu faire pour Martha. Il était déjà trop tard. En revanche, Sandra est en vie mais dans un état grave. On l'a hospitalisée au centre Saint-James.

Nouveau temps mort.

– M. Denison, si vous avez besoin de…

Mais Josh n'entendit pas la fin de la phrase, seulement le bourdonnement qui s'était emparé d'abord de ses oreilles, puis de tout son crâne. Ses yeux désemparés se perdaient à gauche, à droite, sans parvenir à se fixer. Sans s'en rendre compte, il raccrocha, porta la main à sa bouche, comme pour étouffer le cri de désespoir qu'il sentait monter dans sa gorge. Il resta ainsi, en état de choc, pendant quelques secondes. Puis les larmes lui brouillèrent la vue. Le bourdonnement dans sa tête s'amplifia. Le visage de Martha lui apparut. Celui de Sandra. Qu'avait dit au juste Eric Stockwood ? « Dans un état grave. » Comment ça, un état grave ? « Un cauchemar... Impossible... Non, non, non... » Les mots se bousculaient dans son esprit, le clouaient sur place, jusqu'à ce qu'une autre réalité le secoue : sa fille avait besoin de lui, il devait se reprendre. Josh se leva en tremblant, se rendit dans la salle de bains, s'aspergea le visage d'eau fraîche. Puis il rangea ses affaires et marcha d'un pas rapide jusqu'à la réception où il laissa un mot pour ses collègues, expliquant brièvement qu'il ne pourrait pas assister au congrès en raison d'un problème familial et qu'il appellerait dès que possible.

Le trajet jusqu'à l'hôpital Saint-James parut durer une éternité. Ce fut un supplice pour Josh. Il s'efforçait tant bien que mal de se concentrer sur la route. Plusieurs embardées involontaires lui attirèrent des coups de klaxon rageurs. Ce n'était pas le moment de provoquer un accident. Cette pensée le consterna : désormais, Sandra n'avait plus que lui. Qu'adviendrait-il si un malheur le frappait à nouveau, la privant de son père ? Il se revit, assis dans ce pub sombre de Boston, faisant mollement tournoyer les glaçons dans son verre de whisky tout en se demandant s'il n'aurait pas dû réessayer de téléphoner à Martha. S'il avait insisté, les événements auraient-ils pris une tournure différente et moins tragique ? Peut-être que oui. Peut-être que non. Martha dormait-elle au moment du déclenchement de l'incendie ? Et s'il ne s'était pas absenté pour ce maudit déplacement ? Peu importait maintenant, il vivrait le restant de ses jours sans réponse à d'innombrables questions, endurant la pire des tortures. Pris d'une brusque nausée, une sensation de coup de poing à l'estomac, Josh dut s'arrêter sur le bas-côté pour vomir le whisky dont il avait abusé. Il était en nage et essuya son front du revers de la manche. Une migraine terrible lui vrillait le crâne et irradiait jusque dans ses mâchoires. Il reprit la route péniblement, avec une passagère indésirable mais impossible à repousser : la petite voix intérieure. Lancinante, vicieuse, elle lui murmurait que tout était arrivé par sa seule et unique faute. Pensait-il vraiment que ses actes resteraient impunis ? « Bien sûr que non, pauvre fou. » L'implacable sentence venait de tomber.

– Laisse-moi, hurla Josh dans l'habitacle.

La petite voix s'arrêta.

La suite ne fut que le prolongement d'un cruel châtiment. Dans le hall de l'hôpital, une impression d'irréalité saisit Josh, comme s'il se dédoublait et assistait à la scène en spectateur impuissant. Comme si un autre que lui se présentait et suppliait de voir sa fille. Un hochement de tête, un air compatissant et une infirmière aux traits flous l'accompagnant. Dans le couloir aux murs délavés par les néons blafards, le shérif Stockwood qui voulait lui parler, puis la porte, au fond. Et cette vision qui l'écrasa : son cher petit ange allongé, inconscient, avec un masque sur le visage, le goutte-à-goutte des perfusions et le bip sinistre des machines qui la maintenaient en vie. En la voyant ainsi, seule, sans défense, meurtrie, il se fit une promesse. Si le destin lui offrait une nouvelle chance, il obtiendrait son pardon. Il la protégerait coûte que coûte, ne laisserait rien ni personne la blesser. Plus jamais. Tendrement, désespérément, il lui caressa la joue, passa sa main dans ses cheveux si fins et si doux, déposa un baiser sur son front. Josh refusait de croire ce que ses yeux lui montraient. Il voulait arracher tous ces fils, la prendre dans ses bras et l'emmener loin d'ici. Soudain, le fait d'être encore en vie et libre de ses mouvements lui sembla d'une obscénité insupportable. Pourquoi lui et pas elle ?

– Ne meurs pas. Pas comme ça, pas sans moi, l'implora-t-il en guettant un signe, n'importe lequel.

Mais sa supplique se perdit dans le silence de la chambre où il resta prostré les heures suivantes.

– Fais de beaux rêves, ma chérie, finit-il par lui glisser à l'oreille, comme il le faisait chaque soir.

Mais aujourd'hui, il pleurait.

Chapitre 7

Sous la surface

L'Autre, hideux, innommable, tellement présent et pourtant invisible, se cache là, dans le recoin, prêt à jaillir. Le sang cogne comme un marteau dans sa tête et le voile noir qui obscurcit sa conscience lui donne l'impression de devenir fou. Cache-toi. Elle a failli te voir. Ses yeux rouges l'ont trahi, il le sait et, à cet instant précis, il peut encore espérer le salut de son âme en retournant dans sa tanière, là où tout est plus sombre, plus froid, plus inquiétant. Il convoque ses dernières forces pour repousser l'Autre. Trop tard. Il a pris le contrôle. La vague de fureur bouillonne, monte avec fracas, déborde l'ultime rempart, comme la mer déchaînée finit par rompre les digues impuissantes face à la tempête. Quand le calme revient, une fois libéré de son emprise, il ne lui reste plus qu'à contempler le désastre.

Chapitre 8

L'ennemi invisible

En s'asseyant au volant de sa voiture, Sandra prit une profonde inspiration. Ses mains tremblaient, la tête lui tournait. Elle n'aurait pas dû partir le ventre vide mais la simple idée de manger lui soulevait le cœur. Il fallait à tout prix qu'elle se calme. Dans son sac, elle attrapa son portable et appela au travail. Elle tomba sur Connie Sheller, une secrétaire enjouée d'une cinquantaine d'années avec qui elle entretenait de bons rapports. Souvent, le matin, les deux femmes prenaient plaisir à papoter autour d'une tasse de café, dans le bureau de l'avocate, avant que le téléphone ne commence à sonner sans relâche, gardant Connie les fesses vissées sur son siège une bonne partie de la journée. Au fil du temps, elles avaient tissé une relation de confiance qui, sans aller jusqu'à l'amitié, faisait d'elles plus que de simples collègues. L'hiver dernier, une grippe avait cloué Sandra cinq jours au lit. Connie, qui habitait à deux pâtés de maisons, n'avait pas hésité à passer un après-midi pour lui apporter de la soupe, « avec plein de bonnes choses dedans », avait-elle pris soin d'insister sur un ton maternel qui avait ému la malade, bien que cette dernière n'en ait rien montré. Les bonnes joues roses et rebondies de Connie, ses sourires chaleureux n'avaient d'ordinaire pas leurs pareils pour remonter le moral de Sandra. Rien ne semblait pouvoir entamer l'énergie communicative de cette femme, par ailleurs d'une excentricité rafraîchissante dans le milieu guindé où toutes deux évoluaient. Sandra aimait entendre Connie, récemment divorcée, lui raconter avec humour ses déboires avec ses nouvelles rencontres. Son irrésistible optimisme l'empêchait de baisser les bras, dans ce domaine comme dans les autres. En fait, Sandra appréciait par-dessus tout la lueur d'évidente bonté qui brillait dans les yeux de Connie, cette gentillesse rayonnante, ce sentiment immédiat de bienveillance offert sans contrepartie à son interlocuteur. Mais ce jour-là, la douceur de Connie ne s'avéra d'aucun secours. Sans rentrer dans les détails, Sandra expliqua qu'elle ne se sentait vraiment pas bien et ne viendrait pas au bureau aujourd'hui. Elle ne s'était octroyé que quelques jours de congé pour maladie en plusieurs années. Hartmann ne lui tiendrait pas rigueur de cette courte absence. Avec son amabilité habituelle, Connie proposa de lui préparer un petit plat, ce qui lui ferait plaisir, et de le lui apporter. Sandra déclina l'offre avec une brutalité qui laissa la secrétaire sans voix. La jeune femme le regretta immédiatement, mais la force lui manquait pour se justifier. Elle s'excuserait plus tard auprès de Connie. Elle raccrocha sans s'embarrasser de formalités. D'ailleurs, que fabriquait la secrétaire au travail à une heure aussi matinale ? Elle lui poserait la question à l'occasion.

Pour l'instant, son attention restait focalisée sur un seul et unique but, l'envie d'aller affronter Claire. Il n'était pas encore 6 heures. Dans la ville endormie et nimbée de gris, quelques kilomètres à peine la séparaient du domicile de son « amie ». Sandra démarra sans plus tarder. Elle trouverait peut-être les deux amants encore au lit. Cette pensée la révulsa. Résisterait-elle à l'envie de leur hurler dessus, de les frapper, de les faire souffrir autant qu'elle-même souffrait ? Comment réagirait Claire en la voyant sonner à sa porte ? Quelle excuse minable la brillante spécialiste du divorce inventerait-elle, insultant non seulement les sentiments, mais aussi l'intelligence de Sandra ? Le désir impérieux de se venger prendrait-il le pas sur la raison, poussant la jeune femme trahie et blessée à dévoiler la situation à Monica Stanton, l'épouse de Mark ? L'appartement de Claire ne se trouvait plus très loin. Sandra savait qu'elle empruntait ce chemin pour la dernière fois. Après cette pénible visite, elle ne remettrait plus jamais les pieds chez Claire, s'efforcerait le plus vite possible de rayer de sa mémoire tout ce qui la concernait. Elle effacerait les numéros de téléphone, les adresses internet, détruirait la moindre photo, jetterait les cadeaux d'anniversaire et de Noël. Avec Mark, elle procéderait de la même façon mais ne le laisserait pas s'en tirer à si bon compte. Hors de question de devoir le côtoyer tous les jours sur son lieu de travail. Son amant avait commis l'erreur de lui livrer quelques confidences, avouant utiliser parfois à des fins personnelles une partie des fonds qui se trouvaient sur les comptes professionnels. Plus rapide et moins cher qu'un emprunt en bonne et due forme à la banque. Il remboursait toujours l'argent mais peu importe. Elle se servirait sans aucun scrupule de ce vilain secret. Mark se retrouverait coincé : il devrait quitter le cabinet sur-le-champ, sinon elle révélerait ces petites manigances au patron.

Sandra se gara en bas de chez Claire. Les élancements dans sa main droite devinrent plus intenses. La blessure commençait à se réveiller. Nerveusement, elle gratta du bout des ongles l'endroit où le morceau de verre avait entaillé la chair tendre de la paume, ce qui remit la plaie à vif. Quelques gouttes de sang tachèrent le volant de cuir beige. Elle les essuya avec le revers de sa veste et jeta machinalement un coup d'œil au rétroviseur extérieur avant d'ouvrir la portière de sa voiture. Puis elle se figea. Comme dans la salle de bains, cela n'avait duré qu'un quart de seconde. Sur le trottoir, il lui avait semblé voir une ombre noire, comme une silhouette humaine que seuls trouaient deux yeux rouge sang. Le sentiment de malaise déjà éprouvé tôt ce matin se fit plus net, plus oppressant.

– Mais qu'est-ce qui se passe ? Je perds la tête ou quoi ? bredouilla-t-elle.

Affrontant l'angoisse qui grandissait en elle, Sandra leva la tête en direction du rétroviseur intérieur. Cette fois, elle hurla pour de bon. Dans le miroir, les deux prunelles brillantes et malveillantes la fixaient à nouveau. Le cœur battant à tout rompre, elle arracha les clés du contact et s'enfuit hors de sa voiture. Elle courut à en perdre haleine jusqu'à l'immeuble où vivait Claire, s'adossa contre la porte du hall d'entrée, reprit son souffle tant bien que mal. Désemparée, en quête de secours peut-être, elle fouilla du regard la rue étrangement déserte, cherchant une trace de ce poursuivant qui n'existait visiblement que dans sa tête.

– Je fais un cauchemar. Je vais me réveiller, se répéta-t-elle plusieurs fois.

Elle tenta, autant que son esprit embrouillé le lui permettait, d'imaginer une explication rationnelle à ces visions délirantes. Elle se savait fatiguée, abrutie par l'alcool et horriblement déprimée par ce qu'elle venait d'apprendre. Mais rien de tout cela n'avait jamais provoqué d'hallucinations chez personne. Était-elle simplement en train de devenir folle ? D'une main tremblante, effrayée plus qu'elle n'osait se l'avouer à l'idée de voir réapparaître les yeux rouges, elle composa le code donnant accès au bâtiment et s'y précipita avec soulagement, se ruant sur l'ascenseur. Ensuite, devant la porte de l'appartement, elle s'apprêtait à appuyer sur la sonnette mais se ravisa. Après tout, rien ne garantissait que Claire lui ouvrirait et elle ne voulait pas subir l'affront d'avoir à tambouriner en pure perte. En plus, elle connaissait un moyen sûr de pénétrer à l'intérieur. Une fois, retenue au travail alors qu'elle avait invité Sandra à dîner chez elle, Claire n'avait pas voulu la laisser attendre dehors. Elle s'était excusée pour son retard, avait proposé à Sandra d'entrer et de se mettre à l'aise le temps qu'elle arrive, et lui avait expliqué où dénicher un double de la clé : sans grande originalité, sous le pot de l'arbuste trônant à côté de la porte. Sandra s'en saisit et, retenant sa respiration, l'enfonça dans la serrure, la fit tourner le plus doucement possible, s'avança et referma le battant en prenant soin de ne pas relâcher la poignée trop vite. Le moment de vérité, enfin. Il ne fallait en aucun cas les tirer du sommeil et gâcher l'amère satisfaction liée à l'effet de surprise. Un rapide coup d'œil dans le couloir confirma ses suppositions : Mark était là. Elle reconnut immédiatement ses chaussures, une veste en tweed marron qu'elle lui avait offerte, la mallette dont il ne se séparait jamais en quittant le bureau. Un bruit léger, mat, régulier comme le goutte-à-goutte d'un robinet mal fermé attira brusquement l'attention de Sandra. Dans la pénombre du petit matin, la jeune femme distingua des taches foncées sur le sol et en comprit l'origine. Sa plaie à la main droite continuait de saigner. Quand elle en aurait fini avec Claire et Mark, il faudrait peut-être qu'elle aille se faire poser quelques points de suture à l'hôpital. En attendant, elle se moquait bien d'abîmer le tapis de Claire. Tandis qu'elle progressait dans le couloir, tendue à l'extrême, le sang coulait de plus en plus fort de sa main engourdie. Elle grimaçait de douleur et s'essuyait nerveusement sur son pantalon, le maculant de traces sombres, quand, tout à coup, elle fut violemment projetée contre le mur, heurtant lourdement de l'épaule le cadre qui y était accroché. La plaque de verre qui recouvrait le dessin céda et se fêla en étoile. Le fusain, que Claire avait acheté chez un jeune artiste en vogue à Soho il y a quelques années, représentait deux silhouettes enlacées et une ombre en arrière-plan. Sandra, hébétée, réalisait à peine ce qui venait de se produire lorsqu'elle fut attrapée et tirée vers l'avant, puis poussée vers l'arrière. Cette fois, le cadre se décrocha et tomba à ses pieds dans un grand fracas. Sandra essayait de se débattre mais une force mystérieuse la gardait solidement plaquée contre le mur et elle sentait des doigts comprimer sa gorge. Son esprit refusait de croire ce qu'elle éprouvait dans sa chair. Un cri monta, se frayant un passage dans le larynx qui maintenant lui brûlait, mais seul un bruit rauque, étouffé, en sortit. Elle voulut appeler à l'aide mais ne parvint qu'à émettre un gargouillis inaudible. Soudain, les boutons en haut de son chemisier furent arrachés, le vêtement se déchira et des griffures violacées strièrent sa poitrine mise à nu. L'étreinte sur sa gorge ne se desserrait pas, l'oxygène à présent lui manquait. Alors que sa vue se troublait, Sandra se dit qu'elle allait mourir. Cette pensée déclencha en elle un instinct animal qui lui procura l'énergie nécessaire, celle du désespoir. À l'aveugle, elle envoya ses poings dans tous les sens. Mais contre quoi se battait-elle au

juste ? Comment venir à bout d'un ennemi invisible ?
Ce cauchemar prendrait-il bientôt fin ? Aussi subitement
qu'elle avait commencé, l'agression cessa. Complètement sonnée, Sandra glissa contre le mur et s'affaissa
sur ses jambes recroquevillées, telle une poupée de
chiffon. Elle tentait de se redresser en s'aidant de sa
main valide quand quelqu'un – quelque chose ? – lui
agrippa les cheveux. Sandra hurla de douleur et se
dégagea. Les genoux écorchés par les débris de verre
qui jonchaient le sol, elle rampait vers la sortie quand
sa tête fut à nouveau vigoureusement empoignée. Elle
essaya de se dégager, mais sa main battant furieusement
l'air ne rencontrait aucune résistance, rien à quoi se
retenir. Des mèches de cheveux arrachés étaient collées à son visage par les larmes. Soudain, elle comprit
que la « chose » qui l'attaquait la tirait vers la salle à
manger. Elle tenta de résister, attrapant les meubles à
sa portée, avant de s'accrocher à l'encadrement de la
porte. La peau de son crâne semblait sur le point de
se déchirer. Elle ne put maintenir sa prise très longtemps. Des morceaux de ses ongles restèrent plantés
dans le bois. Sur l'instant, elle ne sut pas ce qui était
le pire : l'élancement fulgurant au bout de ses mains
ou la vision de ses doigts ensanglantés. Sandra ne cria
plus lorsque son corps fut traîné, soulevé puis plaqué
contre la baie vitrée de la salle à manger, qui vola
en éclats. Sur le point de chuter en contrebas, elle
se rattrapa au rideau qui pendait devant la fenêtre, et
dont la tringle finit par céder dans un nuage de plâtre
qui lui piqua les yeux et le nez. Sandra lâcha le tissu
et se cramponna *in extremis* au rebord de la fenêtre.
Puis, dans un réflexe, elle s'écarta du vide. Des taches
de sang maculaient son chemisier bâillant sur la fine
peau laiteuse de ses seins. La force invisible tentait

toujours de la précipiter dehors. Sandra allait abandonner lorsqu'elle aperçut, à sa gauche, des objets épars sur un buffet. Un vide-poches en bois, un coupe-papier en laiton, un lourd vase en cristal. Dans un sursaut de rage dont elle ne se croyait plus capable, elle les saisit et les balança par-devant elle. Le déferlement de violence s'arrêta net. À ses pieds, sur la moquette blanc écru, des auréoles écarlates surgirent de nulle part. Après cet ultime effort, lui faudrait-il encore lutter ? Le pourrait-elle seulement ? Les jambes flageolantes de Sandra ne la portaient plus. Un mal lancinant lui vrillait l'arrière du crâne. Elle y porta la main en se demandant d'où venaient ces picotements et cette odeur douceâtre. Ses doigts s'enfoncèrent dans l'épaisse chevelure brune. Et dans le liquide chaud qui la poissait. Hagarde, elle baissa la tête et regarda son chemisier en lambeaux. Mais son apparence lamentable ne lui importait guère. Sandra ne pensait qu'à quitter cet endroit maudit. Elle n'arrivait plus à bouger. Il lui sembla que son corps entier était passé sous un rouleau compresseur. La vie paraissait s'enfuir un peu plus à chacun de ses soupirs. Dans un gémissement, elle s'évanouit et tomba lourdement au sol.

Chapitre 9

Le brouillard

Un épais brouillard obscurcissait la conscience de Sandra. Son esprit parut se détacher de son corps pour rejoindre un nuage compact et pourtant inconsistant, qu'elle pouvait toucher sans en deviner les contours. Insaisissable parce que partout à la fois. Bizarre. Sandra s'attendait à autre chose au moment de mourir. Bien sûr, comme tout le monde, elle avait entendu parler de ces expériences étranges que les médias rapportaient dans les émissions de deuxième partie de soirée. Le flottement au-dessus de son propre corps après le dernier soupir rendu, la lumière blanche au bout du tunnel, cette chaleur aimante qui vous aspire irrésistiblement et dont on revient – quand on en revient – changé à jamais, bouleversé d'avoir effleuré le grand mystère de la vie.

Une brume cotonneuse conviendrait tout autant, pourvu qu'elle apporte avec elle la fin des yeux rouges dans le miroir, la fin des souffrances, la fin du sang qui coule. Une silhouette surgirait-elle du néant protecteur pour lui tendre une main accueillante, qu'elle attraperait avec soulagement pour son ultime voyage ? Dans ce cas, elle la prendrait immédiatement et demanderait, ou plutôt supplierait, d'être ramenée à l'époque bénie de l'enfance. Avec son père, Josh, après le drame de Falmouth. Ils resteraient ensemble pour l'éternité à

Clifton, dans la banlieue de New York, où ils avaient emménagé par la suite.

Sandra se sentit soudain projetée dans ce tableau onirique qu'elle appelait de ses vœux. Papa la surveillait depuis le pas de la porte avec un sourire rassurant, ne la quittant pas des yeux alors qu'elle arpentait sur son petit vélo rouge le quartier figé dans le temps. Elle était débarrassée de Martha, de Mark, de Claire. Les pelouses vert tendre, impeccablement tondues, soulignaient délicatement les façades des pavillons d'un blanc immaculé. Les tournesols dressaient gaiement leur corolle. Le soleil inondait la rue de lumière. Sandra pouvait sentir sa douce caresse sur sa peau, humer le parfum délicat des arbres en fleurs. Depuis les fenêtres entrebâillées, l'odeur des tartes aux pommes cuisant au four venait délicieusement taquiner ses narines. Ses copines du quartier, Tina et Pam, riaient en jouant à la corde à sauter. Elle passa à leur côté en les appelant mais elles feignirent de ne pas l'entendre. Elle freina au carrefour barré par un stop. Son épicerie préférée, Moodie's, faisait l'angle. L'après-midi, en rentrant de l'école, elle courait y acheter ses sucettes préférées. Des monstres de sucre roses aussi gros que la tête, dans lesquels elle mordait à pleines dents, se barbouillant la bouche et les doigts aussi bien que les cheveux. Qu'est-ce que ça pouvait faire ? Personne ne la disputait jamais. Lorsqu'il lui restait par miracle un peu d'argent au fond de la poche, Sandra attendait sagement au bord du trottoir que passe le marchand de glaces. Elle adorait ce rituel immuable : au loin, la musique de fête foraine, reconnaissable entre toutes, résonnait de plus en plus fort. Triturant ses couettes, elle salivait en apercevant la fourgonnette blanche et en entendant son moteur ronronner comme un vieux chat.

La camionnette, surmontée de sa spirale crémeuse de vanille et de fraise en plastique, lui évoquait une licorne. Sauf que les licornes n'arborent pas à leur pointe de petit clown aux vêtements bariolés qui dodeline du chapeau. Sandra freina. Posant le pied au sol, elle tendit l'oreille. Il lui avait semblé distinguer assez nettement un son strident, bien qu'étouffé. D'abord, elle crut reconnaître les notes si familières de l'orgue de Barbarie. Elle se retourna et fouilla la rue du regard. Pas de vendeur de glaces à l'horizon. La tête tournée vers le côté, Sandra reprit sa promenade. Le léger choc suivi d'un bruit métallique assourdissant lui fit fermer les yeux par réflexe.

Comme chaque enfant sans doute, elle détestait cette seconde précise où l'on n'a pas encore les paumes écorchées, tout en comprenant que la chute arrive, là, inévitable, avec son cortège d'égratignures. Combien de fois papa l'avait-il sermonnée en lui indiquant de toujours regarder devant elle, que ce soit à vélo ou en marchant ? La gentille remontrance finirait bien par lui rentrer dans le crâne. En attendant, Sandra allait devoir ramasser le contenu de la poubelle dans laquelle elle avait foncé. La petite fille se redressa, contente de constater que sa fine robe en coton avait survécu au contact avec le bitume. Tout comme ses genoux. Elle ne pouvait pas en dire autant de sa main droite, dont la peau complètement râpée en son centre saignait à présent avec abondance. Elle attrapa le guidon, tordu sous l'effet de la chute, et entreprit de le redresser. Sans grand succès. Elle arrangerait ça plus tard. Mieux valait s'occuper d'abord des ordures éparses avant de se faire gronder par un passant. Elle sursauta de surprise en relevant la tête. Mme Kinley, la voisine qui avait alerté les secours pendant l'incendie, promenait encore une fois son chien et dardait sur elle ses yeux noirs. Sandra n'aimait pas que Mme Kinley soit dans son rêve. Plus près d'elle maintenant, le son étrange se fit à nouveau entendre. Aigu et régulier, comme un métronome marquant la mesure. Bip, bip, bip. Qu'est-ce qu'une camionnette jouant un air pareil pouvait bien vendre ? Serrant les poignées, étreinte par une étrange angoisse, elle se remit à pédaler et tira la langue à une Mme Kinley outrée, dont les sourcils se froncèrent méchamment. Si d'aventure papa la grondait, ce dont elle doutait fort, Sandra expliquerait, en prenant l'air le plus angélique possible, que la dame au chien avait mal vu. En revanche, se faire tirer les oreilles par Mme Kinley ne lui inspirait rien qui vaille. Aussi s'éloigna-t-elle rapidement, pédalant aussi vite que ses jambes le lui permettaient. Les roues tournaient en couinant désagréablement. En rentrant, il faudrait qu'elle demande à papa de graisser ce bazar. D'ailleurs, elle l'entendait l'appeler d'une voix curieuse, comme s'il pleurait. « Je t'en prie Sandra, reviens. Je t'aime, ne me laisse pas. » Ces mots, la tristesse qui s'en dégageait, lui serrèrent le cœur. Mais Sandra n'avait pas envie de rentrer.

Au fur et à mesure qu'elle filait à travers les rues, le paysage se métamorphosa, imperceptiblement d'abord. Le beau vert tendre des pelouses s'assombrissait, les magnifiques fleurs se fanaient. À côté, les arbres perdaient bruyamment leurs feuilles et tendaient vers elle des branches menaçantes. Les façades éclatantes des maisons se couvraient d'une boue grisâtre. Leurs volets claquaient à tour de rôle contre les murs, tel un orchestre en colère. Des détritus baladés par les bourrasques jonchaient les trottoirs. Ses copines, Tina et Pam, couraient pour se mettre à l'abri chez elles sans prêter le moins du monde attention à Sandra. Le ciel d'un bleu lumineux s'était brutalement couvert. De grosses grappes noires y défilaient à toute allure, comme si les aiguilles du temps s'étaient déréglées. Sandra descendit de son vélo, les yeux levés vers les nuages. Un frisson parcourut son corps. À présent, elle cherchait son père du regard, voulait crier son nom. Mais sa bouche restait désespérément muette. Quelques gouttes tombèrent délicatement sur sa joue, une eau salée et chaude. Aucune pluie à l'horizon pourtant. Étaient-ce les larmes de son père qui coulaient sur son visage ? Il lui semblait pourtant si loin, perdu au bout de la rue. Et si malheureux. Elle voyait ses épaules secouées par les sanglots. Mue par l'envie de courir vers lui et de le serrer dans ses bras, elle s'élança. Mais un mur invisible l'empêchait d'avancer, comme si le retour de l'autre côté lui était interdit. Le bip étrange lui parvenait encore aux oreilles. Les paroles tendres de papa aussi. « Tu ne peux pas me faire ça. Tu es tout ce que j'ai. Reviens. » Son être tout entier hurlait à Sandra de sortir de cette torpeur malveillante qui l'emprisonnait.

Au loin, papa rapetissa jusqu'à devenir un point noir. Les maisons ressemblaient maintenant à de grotesques jouets de poupée. Un raclement arracha Sandra à cet état d'hypnose. Son corps flottait à présent à quelques centimètres du sol. La pointe de ses pieds touchait presque le trottoir. Sandra ne s'en était pas rendu compte alors qu'elle cherchait son père du regard, mais une force mystérieuse – une sorte d'aimant – l'attirait vers l'arrière, sans qu'elle pût agir pour l'en empêcher. Le vent lui giflait le visage, les feuilles mortes lui fouettaient méchamment le dos. Elle tourna la tête et ce qu'elle vit l'emplit de terreur. Les nuages qui défilaient à toute vitesse dans le ciel s'étaient regroupés en une masse compacte qui descendait en tournoyant vers le sol et s'apprêtait à l'aspirer d'une seconde à l'autre. Dans la rue, une fine pellicule de givre recouvrait le bitume, les voitures, les maisons. Sandra grelottait, le froid la pénétrait douloureusement. Le tourbillon noir la happa. Une douleur fulgurante lui transperça alors la cage thoracique, comme si une main d'acier y avait plongé pour lui arracher le cœur. La lumière douce et caressante censée venir la chercher l'avait abandonnée.

Chapitre 10

Les regrets de Claire

Du plat de la main, Claire envoya une dernière bise à Sandra. Elle resta quelques secondes là, immobile devant la porte fermée, se mordillant la lèvre avant de tourner les talons. D'un doigt nerveux, elle appuya à plusieurs reprises sur le bouton de l'ascenseur qui clignotait paresseusement, soulagée de partir. Une fois dans la cabine, Claire s'adossa contre le miroir du fond, laissa partir sa tête en arrière, ramassant derrière ses oreilles les mèches de cheveux blonds qui pendaient de son chignon défait, en proie à une sensation diffuse de malaise. Elle savait qu'elle avait trop bu et qu'elle le paierait dans quelques heures. Son réveille-matin la punirait d'une sonnerie cognant comme un tambour. Son amie lui avait offert de rester dormir, ce qu'en temps ordinaire elle n'aurait pas refusé. Mais elle n'avait pas vu Mark depuis une semaine, et le manque lui pesait. L'idée de sentir le contact de sa peau faisait naître une douce chaleur au creux de son ventre. Cette promesse de plaisir fit battre son cœur un peu plus vite alors qu'elle s'asseyait au volant de sa voiture, sans parvenir à chasser complètement le remords qui troublait ses pensées. Elle venait de quitter une femme avec laquelle elle partageait près de vingt ans d'amitié et… le même homme. Sa bouche pressée contre celle de son amant lui ferait oublier la brûlure du regret.

Du reste, n'avait-elle pas déjà laissé le champ libre à Sandra ? À l'université, mademoiselle Denison n'était pas la seule à qui David Chambers faisait les yeux doux. Avec du recul, Claire avait compris que séduire la vedette de l'équipe de football de l'établissement ne constituait en rien un exploit. À peu près n'importe qui aurait pu se vautrer dans son lit. Sandra se berçait d'illusions en pensant que son petit ami éprouvait pour elle autre chose qu'une simple attirance physique. David était un prédateur, toujours à l'affût, jamais rassasié. Il se murmurait même en dehors des vestiaires que certains joueurs se livraient à un passe-temps stupide consistant à comparer le nombre de leurs conquêtes. Histoire de pousser le cynisme jusqu'au bout, ils alimentaient chaque semaine une cagnotte secrète. À la fin de chaque trimestre, ils comptaient leurs prouesses respectives et le gagnant empochait l'argent. Bien entendu, la bonne foi des uns et des autres ne suffisait pas. Rien de plus facile que de s'inventer des aventures. Pour éliminer la tentation de la tricherie, les coureurs de jupons devaient donner des preuves. L'idée de subtiliser une culotte, un temps évoquée, ne tenait pas la route. Franchement, en acheter une en grande surface ou en chiper une à sa mère dans un tiroir de sa commode semblait à la portée de n'importe quel crétin. Prendre une photo ou réaliser une vidéo de la fille déshabillée : voilà qui ralliait les suffrages et écartait d'emblée les suspicions d'affabulation. Les participants devraient ne pas ébruiter le « jeu » et s'entourer des précautions nécessaires pour cacher leur butin chez eux. Si la combine remontait aux oreilles du président de l'université, ils n'auraient plus qu'à chercher une autre équipe de foot... et un autre établissement. Bien sûr, rien ne permettait à Claire d'affirmer que ces ragots tenaces étaient vrais. Elle les tenait de sa copine Lucy. Une fois, en prenant une douche dans les vestiaires des filles, elle avait surpris des bribes de conversation et s'était empressée de les répéter à Claire. La jeune femme doutait du crédit à leur apporter. D'une part, Lucy s'était fait éconduire par un des joueurs de l'équipe et il pouvait s'agir d'une vengeance. D'autre part, même si des idées peu recommandables germaient dans l'esprit tordu de ces garçons, rien ne prouvait qu'ils passaient véritablement à l'acte. Néanmoins, mieux valait surveiller ses arrières. Une fois, Claire était tombée sur David et en gardait un souvenir gêné. Il sortait avec Sandra depuis un mois, un record pour lui, et était passé la chercher dans sa chambre d'étudiante un après-midi où les jeunes femmes avaient décidé de réviser ensemble. Sandra était partie à la bibliothèque. Il lui manquait plusieurs livres pour la préparation d'un exposé à rendre le lendemain et elle ne devait pas revenir avant un bon moment. Tout naturellement, Claire avait ouvert la porte et laissé entrer David dans la chambre pour le lui expliquer. Puis elle avait attendu qu'il s'en aille, assurant, avec un sourire poli, devoir elle-même retourner à ses bouquins. Mais David n'avait pas bougé. Il était resté planté là, à faire le tour de la pièce l'air de rien. Ensuite, il avait plongé ses yeux bleu acier dans les siens. Claire connaissait les ravages de ce regard sur ses amies, à commencer par Sandra. Elle-même n'y était pas insensible, pour être parfaitement honnête. Il fallait bien avouer que David savait comment s'y prendre pour faire tourner la tête des filles. Sentant le coup venir, Claire avait tenté l'ultime parade et prétexté devoir rejoindre Sandra à la bibliothèque avant de se diriger vers la porte.

Aujourd'hui encore, la scène restait gravée dans sa mémoire. Alors qu'elle attrapait la poignée, la main de David s'était posée doucement sur la sienne.

– Tu as bien deux minutes, lui avait-il glissé dans le creux de l'oreille.

Elle avait senti son souffle chaud sur sa peau et en avait frémi. Son visage, à présent, était à quelques centimètres à peine du sien. Il la regardait, sans rien dire, une main contre le chambranle de la porte, l'autre dans la poche de son jean, détaché et sûr de lui. Puis ses doigts avaient effleuré sa joue, descendant doucement le long de son cou jusqu'à la naissance de sa poitrine, que laissait deviner son chemisier entrouvert. Son cœur battait la chamade mais Claire s'était efforcée de ne pas le laisser paraître, et surtout de ne pas céder à la brusque envie d'empoigner cette main et de la presser plus fort contre ses seins.

– David, il faut vraiment que j'y aille, avait-elle simplement murmuré, sans oser le regarder.

– Personne ne t'empêche de partir, avait-il répondu d'une voix caressante en s'approchant encore plus près.

Il s'était ensuite écarté pour lui permettre de sortir, avant de lui emboîter le pas nonchalamment. Le visage en feu, Claire avait quitté la pièce précipitamment, troublée par le désir incompréhensible qu'elle éprouvait pour un homme dont les méthodes, pourtant, lui répugnaient.

Quelques minutes plus tard, elle était retournée seule dans sa chambre, avait fermé la porte à clé et s'était assise, le temps de se ressaisir. Si Sandra la voyait dans cet état, elle comprendrait que quelque chose clochait et la cuisinerait jusqu'à ce qu'elle craque. Devait-elle tout lui raconter ou, au contraire, se taire ? Si elle optait pour la première solution, elle courait le risque

que David nie en bloc et l'accuse d'avoir tenté de le séduire. En plus, avant qu'une idylle ne se noue entre lui et son amie, elle avait confié à Sandra son attirance pour le jeune homme. Il était sûrement plus judicieux de ne rien dire. Une troisième option s'était présentée, qu'elle avait regrettée au moment même où elle lui avait traversé l'esprit : céder aux avances de David. Mais en valait-il la peine ? Au risque de finir sans soutien-gorge dans un album photo ? Non, elle devait se rendre à la bibliothèque du campus et en parler à Sandra. Ses bonnes résolutions l'avaient abandonnée lorsque, quittant sa chambre, Claire avait aperçu, à l'autre bout du couloir, Sandra et David arrivant enlacés. Un bras lascivement posé autour de ses épaules, il mordillait le cou de la jeune femme qui faisait mine, pour la forme, de se dégager et pouffait de rire. Claire était restée là, interdite, à les regarder approcher en se bécotant. Fallait-il provoquer un esclandre au beau milieu du couloir ? Quand ils étaient passés à sa hauteur, David lui avait balancé un clin d'œil lourd de sous-entendus.

– Comment ça va depuis tout à l'heure, Claire ? lui avait-il demandé avec une candeur désarmante.

– Très bien, comme tu le constates, lui avait-elle répondu avec un sourire forcé.

Le silence s'imposait. Elle s'en était tenue à cette prudente conclusion. Surtout que l'objet momentané de sa convoitise n'allait pas tarder à plaquer impitoyablement Sandra, l'envoyant rejoindre Lucy Pike au club des cœurs brisés. Cynique d'un bout à l'autre, David Chambers jurait à chacune de ses conquêtes qu'elle était différente. Il attendait que la fille baisse imprudemment la garde et lâche quelques mots fatidiques – « je t'aime », « tu me manques » ou Dieu sait quoi – pour la laisser se noyer dans ses larmes. Sandra, qui se croyait plus maligne, n'avait pas dérogé à la règle. Désabusée, Claire avait compris que rien de ce qu'elle dirait ne pourrait changer le cours des choses. Et David ne méritait pas qu'elle prenne le risque de briser son amitié avec Sandra. Elle avait préféré s'effacer.

Mais avec Mark, c'était une autre histoire. Du reste, Claire n'avait rien demandé, rien cherché et estimait n'avoir aucun reproche à se faire. Sandra les avait mis en contact pour organiser le divorce de son amant. Bien entendu, Claire n'ignorait pas la liaison qu'ils avaient nouée depuis plusieurs années. Mais Mark n'avait jamais rien promis à sa maîtresse, repoussant toujours toute forme d'engagement. Sortir avec un homme marié expose à ce genre de déconvenues. Sandra ne devait accuser personne d'autre qu'elle-même si elle continuait à se voiler la face. Si l'on poussait le raisonnement plus loin, éprouvait-elle l'once d'un regret pour Mme Stanton ? Dans les mêmes circonstances, comment oserait-elle critiquer Claire ? Au nom de l'amitié, certes. Mais Claire ne pouvait être tenue pour responsable du fait que Mark ne se sente pas plus satisfait avec sa femme qu'avec sa petite amie. Il ne s'était d'ailleurs lancé avec elle dans cette relation extraconjugale que par commodité. « Par facilité », avait-il expliqué à Claire, en employant très exactement ces mots. Aller draguer en boîte de nuit ou dans les bars lui paraissait pitoyable. Et son emploi du temps surchargé ne lui laissait pas le loisir de faire des rencontres, alors que Sandra, agréable, disponible, l'aguichait ouvertement. Les soirées tardives au bureau offraient un alibi impeccable. Sa femme pouvait le joindre à tout moment et n'avait donc aucun motif de le suspecter. Dès lors, pourquoi renoncer à ce qui s'offrait sur un plateau ?

Et pourquoi refuser, ensuite, l'occasion de prendre du bon temps si elle se présentait ?

Lorsqu'elle se repassait le film de sa première rencontre avec Mark à son cabinet, Claire se faisait l'effet d'une gamine lisant des romans à l'eau de rose. Mais elle n'avait pas rêvé, le coup de foudre s'était bel et bien produit. Inexplicable, incontrôlable. Le premier regard avait suffi à la faire flancher. Le soir même, ils se retrouvaient au restaurant. Et le lendemain, dans les draps du lit de Claire, dont les bruissements avaient abrité une heure d'ébats torrides qui lui faisaient monter des fourmillements dans le creux des reins quand elle y repensait. Les événements s'étaient enchaînés tellement vite. Vous vous levez chaque matin, ni de bonne humeur ni de mauvaise. Vous collectionnez les aventures sans lendemain. Ne rien attendre vous protège et de toute façon, la routine en personne vous sert de compagne. Une compagne parfois ennuyeuse mais terriblement rassurante. Puis, un beau jour, le reflet que vous fixez dans le miroir vous renvoie un sourire, le premier depuis longtemps. Vos yeux brillent. À nouveau, vous avez envie. Rien n'est plus merveilleux que cette résurrection de sentiments que l'on croyait éteints. Claire s'y était totalement abandonnée, sans lutter. Évidemment, elle essayait de se convaincre qu'il existait des circonstances atténuantes à ses mensonges envers Sandra. Mark s'apprêtait à mettre un terme à leur histoire, alors… Mais Claire ne parvenait pas à étouffer cette petite voix qui, dans un coin de sa tête, lui fredonnait sans cesse le même refrain. Celui de la culpabilité. « Si tu ne commets rien de mal, autant lui avouer. » Si Mark projetait de renoncer à sa relation avec Sandra, elle aurait dû attendre avant de se jeter sur lui. Une véritable amie aurait alerté Sandra sur l'attitude de Mark, lui épargnant la trahison, à défaut de la déception. La vérité se suffit à elle-même, voilà ce que susurrait la petite voix. Les libertés que l'on s'octroie avec elle ne servent qu'à masquer notre lâcheté.

Ce constat, amer, attrista Claire alors qu'elle se garait dans le parking souterrain de son immeuble. Il faudrait en parler avec Mark. Sans le brusquer. Imaginer un moyen de sortir de cette situation sans trop de casse. L'avocat pourrait d'abord rompre avec Sandra, puis laisser passer un peu de temps et raconter avoir fréquenté Claire par la suite. L'histoire tenait la route. Mais cette conversation désagréable n'aurait pas lieu ce soir. Pour l'heure, alors qu'elle prenait l'ascenseur qui l'amenait vers son amant, Claire ne voulait plus penser qu'au plaisir de le toucher. Cette nuit-là, ils firent l'amour longuement, doucement, savourant chaque seconde. Une fois le calme revenu dans leurs corps, Claire se fit la réflexion qu'elle avait rarement éprouvé un tel sentiment de fusion, d'harmonie. Mark était resté en elle et l'étreignait encore, lui donnant de profonds baisers. Rien ne lui semblait plus intime que cette sensation de chaque centimètre carré de sa peau chaude collée contre la sienne. Ils s'embrassèrent une dernière fois avant que Mark ne glisse sur le côté et ne passe délicatement son bras autour de sa taille. « Je t'aime » furent les derniers mots prononcés par Claire, les derniers entendus par Mark. Un peu plus tard, un cri de terreur et de douleur déchira la nuit.

Chapitre 11

Le réveil

Jamais ses paupières ne lui avaient paru aussi lourdes. Elle les entrouvrit à grand-peine. La lumière blafarde du petit matin fit grimacer Sandra. Étalée de tout son long sur la moquette du salon, elle commençait à recouvrer ses esprits. Lentement, elle s'appuya contre le buffet pour se redresser, prenant garde à ne faire aucun mouvement brusque, en proie à d'horribles vertiges, comme dans les manèges à sensation de son enfance qui lui faisaient regretter, trop tard, d'y être montée. Le décor, lui, n'avait en revanche rien d'une fête foraine. Le champ de bataille qui s'étalait sous ses yeux ne tarda pas à lui remettre en mémoire les tragiques événements de la nuit, alors même que la jeune femme s'obstinait à se demander si elle n'avait pas tout simplement rêvé. Oui, c'était sans doute cela. Un mauvais rêve dont elle n'allait pas tarder à émerger. Ensuite, la vie reprendrait son cours. Il le fallait bien. Au fil des jours, l'amertume partirait. Sûrement. Elle n'oublierait jamais la douleur cuisante de la trahison, mais dans son cœur, la brûlure finirait par s'effacer. Peut-être arriverait-elle à pardonner à Mark et à Claire. Le grand malheur des gens venait de leur précipitation. Face aux aléas de la vie, ils ne se laissaient pas le temps d'encaisser, d'accepter, de digérer avant de tourner tranquillement la page. Sandra en était persuadée et ne commettrait pas cette erreur. Elle se lèverait donc, dirait sa façon de penser à son ex-petit ami… et à son ex-amie, sauverait le peu de dignité qui lui restait. Puis elle quitterait l'appartement de Claire en refermant définitivement la porte sur cette maudite nuit, cette maudite pièce qui portait les stigmates d'une âpre lutte. Elle avait dû sacrément se disputer avec eux et méchamment en venir aux mains pour mettre un chantier pareil.

Le souvenir de l'agression frappa Sandra comme un éclair, et acheva de la réveiller. Sous le vase en cristal s'étalait une tache de sang qui dessinait un sinistre papillon, à côté du rideau déchiré. Le coupe-papier, le vide-poches et d'autres bibelots avaient volé à travers la pièce. Sandra n'avait donc pas rêvé. S'il existait encore le moindre doute, il s'évapora avec la vision des marques sombres sur son chemisier malmené au cours de la bataille. Elle leva sa main droite à hauteur du visage. Sa bouche s'ouvrit malgré elle dans un mouvement de stupeur incrédule face à la blessure qui la trouait en son centre mais qui, étrangement, ne la faisait plus souffrir. Elle gratta du bout de l'ongle la croûte qui recouvrait la plaie. La surprise lui fit écarquiller les yeux. De part et d'autre de l'entaille, une dizaine de points de suture offraient à son regard leurs croisillons méthodiques. C'était impossible. Cette histoire n'avait aucun sens. La chose – comment l'appeler autrement ? – qui l'avait attaquée ne l'aurait pas ensuite soignée. D'ailleurs, avec qui s'était-elle battue cette nuit ? Le simple fait qu'elle soit persuadée de la présence d'un agresseur invisible n'apportait-il pas la preuve tangible que son esprit torturé lui jouait des tours ? Sandra essayait désespérément de trouver une explication logique aux dernières heures. Elle avait lu, dans des revues de psychologie, que l'état de sidération consécutif à un traumatisme pouvait profondément modifier la perception des événements. Ainsi, il arrivait que le témoin d'un crime soit frappé d'amnésie passagère. Ou qu'une femme victime d'un viol ne parvienne pas à décrire son agresseur. Soit. L'oubli comme mécanisme de défense, pourquoi pas. Mais alors, « l'oublié » n'allait pas tranquillement chercher du fil et une aiguille pour vous recoudre la main, en laissant au passage ses empreintes partout. Non, Sandra n'avait pas rêvé. Une angoisse sourde l'étreignit. Si Claire et Mark étaient restés dans l'appartement, pourquoi ne se manifestaient-ils pas ? Qu'ils n'aient rien entendu de la bagarre ayant éclaté entre ces murs paraissait inconcevable. Qu'ils ne soient pas venus au secours de Sandra encore davantage. Qu'ils aient déguerpi en la laissant, évanouie, au beau milieu du salon, improbable. Elle les appela timidement. Sa voix, enrouée, était encore défaillante. Des flashes lui traversaient l'esprit. Les doigts de la « chose » autour de sa nuque, ses cheveux arrachés avec une force inouïe. À nouveau, l'appel lancé à ses amis, un peu plus fort cette fois, eut pour seule réponse un silence implacable. Dans une dernière tentative, la gorge en feu, elle cria leurs prénoms et attendit vainement de voir leurs visages se dessiner dans l'encadrement de la porte qui lui faisait face. Mais ils s'obstinaient à ne pas donner signe de vie. Sandra se releva péniblement, épousseta son chemisier et son pantalon dans un réflexe de coquetterie qui, après coup, lui parut grotesque. Elle prit soin de ramasser le coupe-papier qu'elle avait fait tomber en se débattant puis se dirigea lentement, avec hésitation et méfiance, vers le couloir qui menait à la chambre de Claire. Rien ne lui permettait d'affirmer que la « chose » avait quitté les lieux. Elle devait se tenir prête. À en juger par ce qui s'était produit, elle n'aurait sans doute pas une deuxième chance en cas d'attaque. Sûrement pas dans son état. La sonnerie du téléphone la fit sursauter de frayeur et lâcher son arme dérisoire. L'irruption d'un bruit familier détonnait dans un contexte aussi étrange. Après la nuit qu'elle venait de passer, Sandra commençait à douter de sa faculté à percevoir objectivement ce qui l'entourait. À pas hésitants, elle s'approcha du téléphone, qui continuait à égrener sa sonnerie monotone. Sandra ne se demanda pas longtemps s'il fallait décrocher ou non. Sur l'écran d'affichage de l'appareil, un numéro apparaissait. Celui de son père, Josh. Le soulagement brutal de voir ainsi un fil, sorti de nulle part et aussi ténu soit-il, la raccrocher enfin à son univers, lui fit monter les larmes aux yeux. Déjà, le répondeur s'enclenchait. Sandra se précipita sur le combiné pour prendre l'appel.

– Papa, papa, je t'en supplie, il faut que tu viennes… Je suis chez Claire, à l'angle de…

Sandra ne finit pas sa phrase. À l'autre bout du fil, son père pleurait, doucement, entre des halètements. Il semblait reprendre sa respiration avec difficulté.

– Sandra, reviens… répéta-t-il plusieurs fois d'une voix cassée par le chagrin.

– Papa, qu'est-ce qui se passe ? interrogea Sandra sans espoir de réponse, tout en désactivant le répondeur.

Le soulagement éprouvé il y a quelques secondes céda de nouveau la place à l'impression implacable de basculer dans la folie.

– Papa, c'est moi, tu m'entends ?

De toute évidence, Josh ne l'entendait pas. Seul l'écho d'un sanglot contenu parvint encore à sa fille, ainsi qu'un bruit monocorde, comme le bip d'une machine qui ne semblait pas inconnu à Sandra, sans qu'elle puisse pour autant y rattacher un souvenir précis. Puis son père raccrocha, la laissant plus seule que jamais. Le téléphone glissa de sa main moite sans qu'elle s'en aperçoive. Comment son père pouvait-il seulement savoir où elle se trouvait ? Claire détenait forcément la réponse à cette question, à celle-ci et à beaucoup d'autres. Désormais, Sandra se sentait trop fatiguée pour la haïr. Elle voulait simplement comprendre.

Dans le silence inquiétant du salon, elle l'appela de nouveau, en vain. Puis se résolut à faire le tour de l'appartement. Un ouragan semblait avoir dévasté le couloir, où tout gisait pêle-mêle au sol, au milieu d'éclats de verre qu'elle enjamba avec précaution. D'inquiétantes traces de sang remontaient jusqu'à la chambre à coucher, dont la porte entrouverte laissait deviner la pénombre. Le cœur battant, Sandra la repoussa doucement. Sur le lit, les formes qui se détachaient ne laissaient pas de place au doute : quelqu'un était allongé sur le côté, que son entrée ne semblait pas avoir réveillé. Elle s'approcha d'un peu plus près et reconnut les cheveux de Mark. D'une main tremblante, elle toucha son épaule, sans que ce dernier manifestât la moindre réaction. Elle l'agrippa et le secoua un peu plus rudement cette fois, le faisant basculer sur le dos. Dans l'obscurité, à tâtons, la main de Sandra cherchait l'interrupteur de la lampe de chevet, qu'elle finit par trouver et par actionner. Dans le halo de lumière tamisée, le choc lui coupa la respiration. En haut du drap, recouvert de larges taches brunes, le cou de Mark bâillait en une plaie énorme par où avait coulé le sang qui, à présent, formait une auréole autour de sa tête. Ses paupières mi-closes laissaient deviner ses pupilles inertes. Sandra tituba en arrière devant la scène insoutenable et ne put retenir le flot de bile qui remuait ses entrailles. Précipitamment, elle rejoignit le couloir en trébuchant contre le cadre qui s'était décroché pendant la bagarre. Elle s'apprêtait à le pousser machinalement du pied lorsqu'un détail lui glaça le sang. Le dessin tracé au fusain avait changé. Il ne restait plus rien du couple joliment enlacé qui avait fait craquer Claire dans la boutique de Soho. Seule subsistait la silhouette d'une femme au visage émacié, tenant un couteau. L'aura noire qui s'en dégageait donnait l'impression d'envahir la pièce et de contaminer tout ce qu'elle touchait.

C'en était trop pour Sandra. Sur le point de défaillir, elle s'enfuit. Mais un hurlement en provenance de la salle à manger la stoppa net dans son élan. Visiblement, elle n'en avait pas fini avec ce cauchemar. Il lui faudrait à nouveau braver le sinistre ennemi, coûte que coûte. Un vent mauvais soufflait de la baie vitrée éclatée. Rassemblant son courage, elle s'en approcha, certaine par avance de le regretter. Un souffle froid tourbillonna de plus en plus vite autour d'elle, l'attirant vers le vide. Elle dut plaquer ses mains de part et d'autre du chambranle pour ne pas tomber. Mais ce qu'elle vit alors faillit la faire basculer pour de bon. Six étages plus bas, la blancheur du corps de Claire tranchait sur le lit de feuilles empourprées à l'arrivée de l'automne. La chute avait dû être terrible mais elle vivait encore. Sa tête bougeait péniblement. Les yeux des deux femmes se croisèrent et s'embuèrent de larmes. Dans ceux de Claire, malgré la distance, Sandra lut la stupeur et la douleur. Instantanément, le ressentiment éprouvé envers son amie s'évanouit. Sandra devait prévenir les secours. Le téléphone. Où l'avait-elle laissé après avoir reçu cet appel incompréhensible de son père ? D'ailleurs, était-ce bien son père ? Dans la confusion qui grandissait en elle, Sandra en venait à douter de tout. Elle balaya la pièce du regard et aperçut le combiné par terre, à côté du canapé, là où il lui avait échappé des mains. Fébrilement, elle s'en saisit et composa le numéro des secours. Pas de tonalité. À nouveau, ses doigts tapèrent le 911. La ligne restait désespérément silencieuse. Peut-être avait-elle cassé l'appareil en le faisant tomber. Elle savait qu'il y avait un autre téléphone dans la chambre de Claire, sur la table de chevet. Il lui faudrait donc y retourner... et affronter la vision macabre du corps atrocement mutilé de son amant. À cette seule pensée, un frisson glacé lui parcourut l'échine. Mais l'état de Claire ne permettait pas de tergiverser plus longtemps. Prenant une longue inspiration afin de se calmer, elle remonta le couloir la peur au ventre, à l'affût du moindre bruit annonciateur d'une nouvelle attaque. Le crissement de ses pieds sur le verre brisé suffit à la faire frémir et, le souffle court, elle s'arrêta un instant.

– Il faut que tu y ailles, s'encouragea-t-elle à haute voix.

Sur le pas de la porte, elle hésita. À l'intérieur de la pièce, la lampe située à côté du lit clignota avant de répandre une lumière aveuglante qui l'obligea à se détourner un court instant.

Mark et Claire étaient là, sous ses yeux, en train de faire l'amour. Lui, allongé sur le dos, les yeux mi-clos, ses doigts pétrissant les seins de sa maîtresse ; elle, au-dessus, sa crinière blonde rejetée en arrière, le chevauchant en bougeant lentement les hanches. Ils ne semblaient pas la voir, perdus dans d'insupportables gémissements de plaisir. Sandra plaqua les mains sur ses oreilles et recula jusqu'à ce que ses épaules heurtent le mur du couloir. Il fallait à tout prix quitter cet endroit maudit qui voulait la rendre folle. Elle courut jusqu'à la porte et essaya de l'ouvrir, mais la poignée restait bloquée. La jeune femme pleurait désormais de rage autant que de peur en s'y accrochant frénétiquement. Elle se retourna. Comme dans un cauchemar, le couloir s'étira en un long et sombre tunnel, marqué d'un point lumineux à son extrémité. Elle lâcha la poignée et tenta de s'en approcher, mais plus elle avançait, plus la lumière s'éloignait. La salle à manger et la fenêtre éclatée par laquelle Claire était tombée offraient la seule issue possible à ce piège infernal. La gorge nouée à l'idée de ce qu'elle devrait accomplir, elle s'y rendit et regarda par la baie vitrée. Le corps de Claire gisait à nouveau, en contrebas, sur le tapis de feuilles. Un dernier coup d'œil en arrière lui confirma ce qu'elle redoutait : le tunnel noir gagnait du terrain. Les lianes noueuses qu'il projetait tel un arbre malfaisant n'allaient pas tarder à l'attraper, entrelaçant leurs épines acérées contre ses chevilles, ses bras, son cou. Que se passerait-il ensuite ? Sandra ne tenait pas à le savoir. Elle sauta dans le vide.

Chapitre 12

La délivrance

Automne 2002

Josh Denison aimait cet état de demi-conscience, ces légers tressaillements du corps qui précèdent la plongée dans le sommeil. La délivrance, enfin.

Dans le salon, confortablement allongé contre les coussins moelleux du sofa, il avait retiré ses chaussures, enlevé ses lunettes et posé la dizaine de feuilles qu'il était en train de lire sur sa poitrine. Face à lui, la télévision ronronnait tel un vieux chat fatigué. Une petite sieste ne lui ferait pas de mal avant de se remettre à travailler. Chef de département dans le laboratoire qui l'employait depuis une quinzaine d'années, il devait superviser le lancement de plusieurs médicaments, prévu dans un mois. Aussi avait-il rapporté ses dossiers à la maison, s'autorisant une entorse à la sacro-sainte règle qu'il s'était fixée : pas de travail le week-end. Ces derniers mois, cette règle avait déjà connu quelques assouplissements, en grande partie liés à l'absence de sa fille Sandra. Il fallait bien le reconnaître, Josh ne trouvait pas la perspective d'un tête-à-tête avec lui-même particulièrement enthousiasmante. Bien sûr, des promesses émouvantes et sincères avaient accompagné l'entrée de Sandra à l'université de New York. L'établissement ne se situait pas si loin que ça de Clifton, où vivait la famille Denison. Un temps envisagée, l'hypothèse d'un aller-retour quotidien avait rapidement buté sur des contraintes d'organisation et s'était vue délaissée au profit d'une chambre sur le campus, solution jugée préférable pour épargner une fatigue inutile à la jeune femme. Bien sûr, elle rentrerait à la fin de chaque semaine. Qu'aurait-elle trouvé d'intéressant à faire sur le campus, déserté par bon nombre de ses camarades ? La promesse n'avait pourtant pas été tenue bien longtemps et les retours au bercail s'étaient vite espacés. Josh n'était pas dupe mais faisait mine de croire Sandra lorsqu'elle prétextait devoir rester pour réviser alors même qu'aucun examen partiel ne se profilait à l'horizon. Il connaissait bien sa fille et avait cru déceler un changement dans son attitude à sa dernière venue. Le dimanche, Sandra avait donné l'impression d'être pressée de retourner à New York, avançant l'heure de son départ. Pour quelque rendez-vous tenu secret ? Josh s'en doutait, sans avoir besoin de poser la question. Mais il n'en éprouvait pas moins une certaine inquiétude. Sandra lui échappait et il en concevait des sentiments mitigés, même s'il se contentait, par délicatesse, de ne lui prodiguer que quelques conseils épars, notamment celui de bien choisir ses fréquentations. Quoi de plus naturel pour les enfants que le désir d'être indépendant et de commettre leurs propres erreurs ? Il avait décidé de s'y résoudre et de penser un peu à sa propre vie, laissée trop longtemps en friche. Quelques rencontres avaient interrompu sa solitude, mais rien de vraiment sérieux. La présence d'une adolescente à la maison avait certainement compliqué les choses. Josh se réfugiait parfois derrière cet alibi, sachant bien, en son for intérieur, que le problème tenait plus à l'envie.

À l'absence d'envie, plus exactement. La relation avec sa fille, devenue presque fusionnelle depuis le drame de Falmouth, lui suffisait. La culpabilité qui le taraudait avait fait naître en lui la crainte permanente de ne pas en faire assez. Josh s'obligeait à réfréner des élans protecteurs propres à étouffer sa fille et, en définitive, à l'éloigner. Sandra ne saurait rien de ses tourments paternels, il se l'était juré. Mais la peur tapie au fond de son cœur n'allait pas tarder à en jaillir. Paisiblement assoupi sur le canapé, il sursauta en maugréant lorsque la sonnerie du téléphone le tira de ses rêveries.

— Allô, parvint-il à articuler d'une voix pâteuse après avoir mollement décroché, se fichant complètement de faire sentir son mécontentement à son interlocuteur.

À l'autre bout du fil, il n'obtint pour toute réponse qu'un mur de silence, avant que l'écho de pleurs étouffés ne lui parvienne. Sandra. Sa gorge se serra.

— Ma puce, c'est toi ? Qu'est-ce qui se passe ? Sandra, réponds-moi.

— J'aurais dû t'écouter, répéta-t-elle plusieurs fois.

— Sandra, dis-moi ce qui ne va pas.

Sans même savoir de quoi il retournait, Josh aurait voulu pouvoir prendre sa fille dans les bras, la serrer pour la consoler comme au temps de son enfance.

— S'il te plaît, rentre à la maison, peu importe ce qui s'est passé, on va en parler. Je t'en prie, reviens...

— Je ne devrais pas me mettre dans des états pareils, mais je me sens vraiment mal. Excuse-moi, je t'ai dérangé pour rien. J'avais juste besoin d'entendre ta voix. Je rentrerai demain. Je t'expliquerai.

— Non, attends...

Mais Sandra raccrocha, le laissant mort d'angoisse. Depuis la fameuse nuit dans cet hôtel de Boston, il détestait la sonnerie du téléphone, devenue synonyme de nouvelles funestes. Quoi qu'il fût arrivé à Sandra, Josh ne repousserait en aucun cas les explications au lendemain. Il chaussa ses lunettes, attrapa son manteau, saisit ses clés suspendues à un crochet à côté de la porte d'entrée et s'engouffra dans sa voiture, garée juste devant la maison. Il avait prévu de ressortir faire quelques courses et n'avait pas pris la peine de la rentrer au garage. Si la circulation était fluide, il lui faudrait à peine une petite heure pour atteindre le campus. Sur le chemin qui le séparait de sa fille, un flot de minuscules souvenirs se bousculèrent dans sa tête. Un pansement maladroitement collé après une chute à vélo, des larmes effacées du bout des doigts après une punition à l'école, un baiser rassurant posé sur le front après un vilain rêve. Ensuite, l'objet de toutes ces cajoleries grandit et le temps emporte avec lui les pansements mal collés, les larmes séchées, les baisers donnés. Ce soir toutefois, le réconfort paternel ne serait pas de trop, à en juger par la voix affreuse de Sandra. Car si le temps emporte tout avec lui, il n'emporterait pas la promesse que Josh avait formulée mentalement il y a onze ans, avec pour seuls témoins les murs froids de la chambre d'hôpital où Sandra se remettait de l'incendie dans lequel avait succombé sa mère. Quoi qu'il advienne, elle pourrait compter sur lui. Il la protégerait coûte que coûte, et ne laisserait rien ni personne lui faire du mal.

En cette fin d'après-midi, le campus nimbé de brouillard faisait l'effet d'un vaisseau fantôme. La plupart des étudiants avaient plié bagages pour le week-end et les allées resteraient calmes en attendant la reprise des cours du lundi. Josh trouva facilement le bâtiment où logeait sa fille : il l'avait aidée à emménager, effectuant sans rechigner plusieurs navettes pour apporter des cartons remplis d'affaires dans la chambre que Sandra partageait avec sa copine Claire. Il monta les escaliers quatre à quatre jusqu'au deuxième étage, appartement 232. Il toqua bruyamment, appuya sur la poignée de la porte, de toute évidence fermée.

– Sandra, si tu es là, ouvre, c'est papa.

Il colla son oreille contre le battant. Pas le moindre signe trahissant une présence à l'intérieur.

À l'autre bout du couloir, une porte s'ouvrit en grinçant.

Josh avisa l'étudiante timide qui pointait son nez.

– Tu n'aurais pas vu Sandra Denison ? lança-t-il sans s'embarrasser d'une quelconque formule de politesse, avec une brusquerie inhabituelle chez lui et qu'il regretta aussitôt.

– Non, désolée, si je la vois, je lui dirai que vous la cherchez. Au fait… Vous êtes qui ? demanda la jeune femme avec une gaucherie que Josh trouva attendrissante.

– Josh Denison, son père. Je resterai dans les parages. Si jamais elle rentre, dis-lui que je l'attends au Madison, le café en face de l'entrée principale du campus. Merci.

– Pas de quoi.

Sur cette réponse laconique, la porte se referma doucement.

Josh tourna les talons et redescendit rapidement les escaliers. Il sortit du bâtiment tout en cherchant Sandra du regard. Entre la bibliothèque, les salles de cours, les salles de sport et les chambres des étudiants, autant essayer de dénicher une aiguille dans une botte de foin. S'installer à une table au Madison et guetter les allées et venues n'était pas une si mauvaise idée. Il s'y dirigea en pressant le pas, les mains enfoncées dans son épais manteau de laine, dont il remonta le col en frissonnant. Chemin faisant, les alentours lui parurent infiniment gris et tristes. Une fine pluie dégoulinait sur les murs des bâtiments. Les gens, anonymes, distants, se hâtaient dans le froid et se croisaient sans se voir. Dans cette morne ambiance, les néons clignotants du Madison lui apportèrent un réconfort immédiat. Sandra et lui avaient pris un pot dans ce bar après qu'il l'eut aidée à emménager. Chaleureux et sympathique. Voilà les premières impressions que lui avait inspirées l'endroit, qui jouait à fond la carte rétro, avec son juke-box, son flipper, ses tables de billard, ses banquettes en cuir rouge et des reproductions des publicités des années cinquante accrochées un peu partout. Il ne manquait plus que des garçons aux cheveux gominés en blouson noir, des filles en jupe avec des socquettes, et le tableau aurait été complet. Un choc à l'épaule le tira brutalement de ses pensées. Il n'avait pas vu le petit groupe d'étudiants qui cherchait à rentrer dans l'établissement en même temps que lui. Un jeune homme l'avait bousculé, lui jetant un regard mauvais sans prendre la peine de s'excuser avant de retourner aux plaisanteries bruyantes qui, visiblement, amusaient beaucoup ses comparses. En d'autres circonstances, Josh l'aurait attrapé par le col. Mais il ne se sentait pas l'énergie pour une leçon de morale. Tout en le dévisageant à son tour de façon appuyée, il s'engouffra à sa suite, prenant soin de chercher une table à bonne distance du groupe. Il éprouvait une réelle aversion pour ce genre de morveux qui roulent des mécaniques en parlant fort. Ils ne devaient bien souvent leur entrée à la fac qu'au portefeuille de leur père ou à leur éphémère talent pour le ballon, rarement à leur cerveau. En cet après-midi d'automne, les tables avaient été prises d'assaut et les tasses de café fumaient un peu partout. Il n'eut donc d'autre choix que de s'asseoir juste à côté de ceux qu'il voulait éviter. Quand la serveuse vint prendre sa commande, il ne put s'empêcher d'entendre les commentaires graveleux qui fusaient depuis la banquette d'à côté. Visiblement, les gaillards étaient en chasse et n'avaient pas l'intention de rentrer bredouilles ce soir. La jeune femme, probablement étudiante elle aussi, leva les yeux au ciel en soupirant d'un air agacé.

– Tu paries combien que c'est plié avant la fin du mois ? lança celui qui l'avait bousculé.

Josh n'ayant rien d'autre à faire, il tendit l'oreille.

– Avant de nous demander de cracher au bassinet, montre-nous plutôt ta dernière prise, espèce d'enfoiré, répondit le garçon assis le plus près de lui.

– Attention, ce coup-ci, c'est du lourd. Sans vouloir vous dégoûter, c'est moi qui vais remporter une fois de plus la cagnotte.

– Qu'est-ce que t'en sais, David ? J'ai pas encore sorti mes photos de la petite Lucy Pike, rétorqua un autre en extirpant un cliché de sa veste et en le posant au milieu de la table.

Tous se penchèrent dessus en gloussant comme des poules.

– Waoouh. Jolie paire de nichons. Tu me la files ?

– Attends de voir Sandra Denison. En pleine action, en plus…

Joignant le geste à la parole, celui qui se prénommait David exhiba son trophée. Josh blêmit. Son sang ne fit qu'un tour. D'un bond, il se leva avec la ferme intention de coller à ces petites ordures une raclée méritée. Le bruit de la chaise crissant sur le parquet avait interrompu quelques clients, qui tournèrent furtivement la tête avant de reprendre leurs conversations dans le brouhaha général. Les jeunes gars aux photos immondes les imitèrent. Josh serrait les poings à en faire éclater la jointure de ses doigts quand, par la vitre, il reconnut une silhouette familière. Sandra marchait la tête baissée, les épaules voûtées, les bras croisés sous la poitrine. Elle avait l'air d'avoir vieilli de dix ans d'un coup. Le message lui avait été transmis et elle venait retrouver son père au Madison. Josh réfléchit brièvement sur la conduite à adopter, contint difficilement sa rage et quitta précipitamment le bar. Sandra ne devait en aucun cas tomber sur la bande de dégénérés qui s'amusait à ses frais. Discrètement, il se dirigea vers la sortie. Ceux qu'il avait furieusement eu envie de frapper semblaient trop occupés pour accorder la moindre attention à ce visage aux mâchoires crispées où se lisait la colère. Tant mieux. Il rejoignit Sandra, l'attrapa par la manche. Ils firent demi-tour et regagnèrent sa chambre. Une fois à l'intérieur, il lui proposa doucement de s'asseoir sur le lit, essuya une larme qui coulait sur sa joue, prit tendrement sa main dans la sienne. Josh avait déjà compris le problème, mais il fallait qu'il l'entende de sa bouche.

— Sandra, tu vas tout me raconter.

Chapitre 13

L'inconnue dans le désert

Les gouttes de pluie qui s'écrasaient sur son visage et s'insinuaient entre ses paupières avaient fini par la réveiller. Dans les brumes de la demi-conscience où elle flottait, les images, les sensations lui revenaient par bribes. La soirée chez elle. Le tintement des coupes qui se cognent gaiement, les bulles de champagne qui pétillent sur la langue, les rires qui fusent, le chuintement du papier de l'album photo. Ensuite, le SMS qui envoie voler les mensonges en éclats. Mark et Claire ignoblement enlacés, les bruits humides de l'amour, le froissement des draps sur leur peau. Puis Mark, la gorge tranchée en un sourire ignoble sous les pupilles fixes, le corps fracassé de Claire d'où n'a pas encore complètement disparu la vie. Enfin, ce monstrueux couloir déroulant sous ses pieds, tel un tapis ensorcelé, son aura démoniaque pour l'empêcher de sortir. Jusqu'à ce qu'elle n'ait d'autre choix que de se précipiter dans le vide. Comment les gens ayant frôlé la mort pouvaient-ils prétendre voir défiler leur existence ? Tout va si vite. Deux petites secondes à peine. Le souvenir de la chute, cette aspiration brutale suivie du terrible choc, lui fit ouvrir les yeux dans un gémissement. Face contre terre, Sandra fut la première étonnée de pouvoir se retourner, lentement, sur le lit de feuilles contre lequel elle s'était écrasée.

– Je suis encore en vie, murmura-t-elle comme pour se convaincre d'une réalité difficile à admettre.

Elle leva les bras, les inspecta l'un après l'autre, plusieurs fois de suite. Sa main droite portait toujours la trace de la profonde blessure, ainsi que ces incompréhensibles points de suture. Déconcertée autant que soulagée, elle se rendit compte qu'elle arrivait à remuer ses jambes, peinant à croire au miracle qui venait de se produire. Sandra était tombée de six étages. La probabilité de sortir indemne d'une telle chute était infime. Il fallait procéder par étapes, ne pas brusquer ce corps meurtri. Elle se redressa sur un coude, jeta un regard alentour. Comment se faisait-il que personne ne l'ait vue tomber, que personne n'ait prévenu les secours ? Claire. Elle se retourna et palpa le tas de feuilles sur lequel elle avait vu le corps de son amie. Tout d'abord, ses doigts ne rencontrèrent rien d'autre que des morceaux épars de la baie vitrée qui avait explosé. Puis quelque chose d'autre. Sandra sentit les battements de son cœur s'accélérer. La gorge nouée, elle écarta les feuilles qui formaient désormais le linceul de Claire. Elle ne put retenir une larme devant les traits familiers. Dénudé, le corps inerte paraissait encore plus fragile. Sandra éprouva du remords et de la pitié. Seule, désemparée, elle leva la tête vers le bâtiment, cherchant le signe d'une présence, la possibilité d'un secours. Même les oiseaux avaient déserté le parc qui s'étendait comme une plaine morne à l'arrière de la résidence. Pas un souffle de vent ne chahutait la cime des arbres. Curieusement, dans le brouillard blafard du matin – mais était-ce bien le matin ? –, aucune lumière ne brillait aux fenêtres, à l'heure où la ville s'éveille et se débarrasse rapidement des limbes de la nuit. Et aucun bruit de circulation, crissements de pneus ou klaxon, ne lui parvenait de la rue devant l'immeuble.

Dans ce décor immobile, le temps lui-même semblait suspendu. Sandra renonça provisoirement à comprendre pourquoi : les derniers événements avaient déjà suffisamment mis à rude épreuve son discernement. Les explications viendraient d'elles-mêmes, plus tard. Pour l'instant, essayer de donner un sens à cette folie ne pourrait que lui faire davantage perdre pied. Sandra réussit sans difficulté à se relever. Curieusement, ses membres, qui auraient dû être brisés, ne lui occasionnaient aucune souffrance. Un miracle, vraiment ? Sandra priait pour que le cauchemar soit enfin fini : la chance n'aimait pas qu'on la taquine trop. Il lui fallait à tout prix rentrer chez elle, prévenir son père. Dès qu'il apprendrait la nuit atroce que venait de passer sa fille, il accourrait. Elle avait besoin de son soutien, plus que jamais. Dans son état, Sandra ne se sentait pas la force d'affronter la police, qui ne manquerait pas de lui demander des comptes après la mort de Mark et de Claire. D'un tâtonnement de la main contre son manteau, Sandra s'assura que ses clés de voiture se trouvaient toujours dans sa poche, puis elle se figea. Le détail, saugrenu certes, s'ajoutait à la longue liste des faits aberrants. Son chemisier. Mis en lambeaux pendant l'attaque, il n'était désormais plus déchiré. « Ne cherche pas à comprendre », pensa Sandra. Elle ne s'infligea pas davantage le spectacle d'un ultime regard à son amie et remonta en clopinant vers la rue. Assaillie de vertiges, elle dut brièvement s'arrêter juste avant d'arriver sur le trottoir. Une main appuyée contre le mur, l'autre contre sa poitrine, elle attendit que le malaise passe. Elle se redressa et s'apprêtait à reprendre son chemin lorsqu'une femme, surgie de nulle part, la heurta de l'épaule. En temps ordinaire, Sandra aurait lâché une bordée d'injures. Mais elle était tellement contente de croiser enfin quelqu'un qu'elle faillit pleurer de joie. Elle déchanta rapidement en voyant la mine affreuse de la personne qui lui faisait face. La femme, d'une quarantaine d'années, semblait ravagée par le chagrin et gardait la tête désespérément baissée, effacée derrière une masse de cheveux noirs qui lui arrivaient aux épaules. Sandra l'interpella. Elle releva le menton. Son visage émacié était noyé de larmes, ses lèvres enlaidies par un vilain grain de beauté tremblaient, la démence se lisait dans ses yeux hagards. Elle tendit lentement le bras et montra le couteau couvert de sang qu'elle tenait à la main. Effrayée, Sandra recula d'un pas.

– Qu'est-ce qui vous est arrivé ?

L'inconnue, enfermée dans le silence, s'enfuit vers le parc et disparut.

La rue déserte offrait un spectacle angoissant et irréel. Les véhicules vides garés le long du trottoir donnaient l'impression d'une ville fantôme avant une catastrophe. Sandra chercha du regard sa propre voiture, qu'elle se rappelait avoir garée juste devant une pharmacie, à une centaine de mètres de chez Claire pour ne pas se faire remarquer. Elle aperçut les néons du commerce, puis un panneau lumineux qui indiquait, dans ce décor se jouant des règles de l'espace et du temps, qu'il était 5 h 42. *Or, elle s'était rendue chez Claire juste avant 6 heures.* Les chiffres crépitaient bruyamment, comme si les ampoules allaient éclater. Puisant dans les ultimes ressources de son corps, Sandra courut à petites foulées jusqu'à la pharmacie, soudain en proie au doute. Elle n'apercevait pas son cabriolet. Elle était pourtant certaine de l'avoir laissé précisément là, le long du trottoir bordant la vitrine. D'ordinaire, elle le repérait rapidement, avec sa carrosserie blanche immaculée surplombée d'une capote noire. Arrivée devant la boutique, elle pressa à plusieurs reprises le boîtier de la clé électronique, dans l'espoir que les clignotants signalant le déverrouillage des portes la renseignent sur l'emplacement de sa voiture. Toujours rien. Oscillant entre incompréhension et incrédulité, elle se retourna vers la vitrine de la pharmacie et avisa son reflet. Ses cheveux en bataille, ses yeux horriblement cernés, son teint livide lui donnaient l'apparence d'un revenant. La folie la guettait mais elle n'avait pas encore sombré, elle aurait pu le jurer malgré les événements de la nuit.

C'est alors qu'elle le vit.

Chapitre 14

Les fantômes du passé

Les pupilles dilatées sous l'effet du choc, un étau glacé autour de la poitrine, Sandra se retourna lentement, incapable de faire se mouvoir plus rapidement son corps pris dans les filets invisibles de la peur. Elle aurait voulu hurler, s'enfuir, mais ses jambes se dérobaient sous elle. Pétrifiée, elle le vit, à l'intérieur de la voiture, se pencher côté passager et lui ouvrir la portière. Son horrible sourire découvrait des dents brisées, au-dessus d'une mâchoire inférieure désaxée, ou plutôt déboîtée suivant un angle aberrant. Son visage en bouillie semblait avoir été fracassé à coups de marteau, et sa peau noircie de brûlures s'étrécissait par endroits comme un parchemin calciné, laissant deviner les os saillants des pommettes et des orbites. Pourtant, Sandra le reconnut sans l'ombre d'un doute. Tant d'années après, sa chevelure brune gominée n'avait pas changé. Elle avait adoré en respirer le baume délicat, plonger ses doigts dans la masse soyeuse pendant qu'il l'étreignait. Et voilà que David Chambers, mort brûlé vif dans sa voiture par une belle soirée d'été, se tenait là, devant elle. La main osseuse lui faisait signe d'approcher. Tétanisée devant le spectacle macabre auquel, elle le sentait, il ne lui serait pas permis de se soustraire, Sandra mit quelques secondes – ou quelques minutes ? – à réagir.

Les yeux de David pétillaient d'un éclat surnaturel qu'elle ne percevait pourtant pas comme menaçant.

– Tu ne peux pas être là, c'est impossible, marmonna-t-elle.

– Monte, lui répondit une voix rocailleuse, impérieuse, quasi inhumaine.

L'intonation, en revanche, était restée la même.

À pas lents, Sandra obéit à la créature qui lui faisait face en grimaçant. Si jamais elle voulait avoir la moindre chance de comprendre, elle devait grimper à bord de cette voiture. Quoi qu'il lui en coûte.

Elle parvint difficilement à dissimuler son dégoût en s'asseyant à côté de David. Tourner la tête vers lui était pour l'instant au-dessus de ses forces.

Il lui intima l'ordre de fermer la portière.

Sandra s'exécuta. À présent, elle pressait contre sa poitrine ses deux mains dans l'espoir de contrôler le tremblement violent qui s'était emparé de son corps. L'odeur de la peau brûlée de David lui emplissait les narines et lui donnait la nausée.

– Ne t'inquiète pas, je ne te veux pas de mal.

David avait perçu son effroi. Les doigts squelettiques mirent le contact, faisant instantanément vrombir le moteur de la Mustang, et tournèrent le bouton de la radio. Les haut-parleurs crachèrent un couinement strident qui la fit sursauter. Puis vinrent les premières notes de musique, qu'elle reconnut aussitôt. Comme lorsqu'elle était couchée sous lui et que ses mains fouillaient, parfois sans ménagement, chaque recoin de son corps dans une chaleur moite. Le temps avait passé, mais les images, les sensations restaient nettes. Se souvenir de ces détails avec autant de précision lui sembla bizarre. La chanson passait en boucle, tandis que David conduisait droit devant, les mains, ou plutôt ce qu'il en restait, agrippées au volant. La voiture filait dans un épais brouillard.

« Où est-ce qu'il m'emmène ? » se demanda Sandra en regardant de part et d'autre par les vitres sans pouvoir deviner où ils se trouvaient.

– On va chez toi.

La jeune femme tressaillit. David lisait dans ses pensées aussi ouvertement que si elle les avait énoncées à voix haute. Terrorisée, elle se recroquevilla contre la portière.

« Chez moi... mais pourquoi ? » La question fusa sous son crâne sans qu'elle pût la retenir.

– Parce que c'est là que tout a commencé, lui murmura David.

Cette réponse étrange lui fit tourner brièvement la tête vers son interlocuteur, dont elle n'avait pas osé affronter la vue jusque-là. David lui adressa ce qui, malgré une paupière en piteux état, ressemblait à un clin d'œil. Sandra ne put réprimer une moue de dégoût et regretta aussitôt d'avoir esquissé un regard vers lui. La situation amusait David. Elle avait pu le déceler à la lueur de satisfaction dans ses yeux. Il sentait sa peur, son incrédulité, et s'en délectait.

– Tu ne te rappelles rien, pas vrai ?

« Non, David. La seule chose que je vois, c'est que je suis en train de parler à un mort. Alors s'il y a un sens à tout ça, j'aimerais bien que tu m'expliques », pensa-t-elle dans un mélange d'angoisse et de colère.

Aussi invraisemblable que cela paraisse, le monstre continuait à lire dans son esprit.

– Doucement ma belle, ne t'énerve pas. Sinon, tu fais des choses pas jolies, jolies et tout le monde doit en subir les conséquences. La preuve, regarde-moi...

« Et maintenant, voilà qu'il va me coller son accident sur le dos… »

– Es-tu sûre de ne pas être un peu responsable ? lui dit-il en mimant une croix sur ses lèvres. Parce que si tu avais su te taire, on n'en serait pas là…

Sandra ferma les yeux. Elle pria pour que le voyage infernal s'arrête, enfin.

– Le voyage ne va pas s'arrêter là. Il y a encore un dernier arrêt avant la mort, éructa David d'une voix rauque. Je vais te rafraîchir la mémoire, ma petite Sandra…

Il tourna complètement la tête vers elle et lui ordonna de le regarder. Bien que paralysée par la peur, elle s'exécuta. Refuser de se soumettre aurait scellé sa perte, elle en était persuadée. En un quart de seconde, le masque de la mort disparut. Sous ses yeux ébahis, les orbites et les pommettes se recouvrirent de peau, les brûlures disparurent. Puis une autre métamorphose s'opéra. La peau semblait changer de place. La jeune femme vit se dessiner les traits de Josh Denison. La stupeur lui fit plaquer la main sur sa bouche pour étouffer le cri qu'elle sentait monter dans sa gorge. « Sandra, tu vas tout me raconter. » La voix qui venait de résonner dans l'habitacle de la voiture, couvrant le refrain de cette maudite chanson repassant inlassablement, n'était pas celle de David, mais bien celle de son père, Josh. Dans l'antichambre de l'enfer où Sandra se débattait, cette voix familière, si affectueuse et caressante, lui fit l'effet d'un coup de poignard. Mais le visage de Josh Denison s'évanouit aussi vite qu'il était apparu. La peau rose se détacha, les chairs se murent en faisant entendre de légers frottements, les os se découvrirent à nouveau et cette fois, David la fixait méchamment. Détournant la tête, elle commença à pleurer.

– Tu te souviens bien de la fois où ton cher petit papa t'a demandé de tout lui raconter en te tenant la main. Vous étiez assis sur ton lit, dans ta chambre, tu te souviens ?

Sandra acquiesça.

– Si tu avais tenu ta langue, le reste ne serait pas arrivé. Tu aurais pu nous sauver rien qu'en la bouclant.

– De quoi tu parles ? souffla-t-elle dans un soupir, les yeux fermés.

– Tu le sais très bien. Tu es capable de fouiner, tu l'as bien fait sous le lit, cet après-midi-là. Ce n'était pas ton ballon que tu cherchais, n'est-ce pas, Sandra ?

– Tais-toi, le supplia-t-elle, incapable d'en entendre davantage.

Elle n'était qu'une enfant, comment aurait-elle pu deviner ce qui découlerait d'un geste si innocent ?

Elle demeura ainsi, abattue et silencieuse, le bras sur l'accoudoir et le front appuyé contre sa main, pendant le reste du trajet.

À ses côtés, David fredonnait cette chanson ridicule. Elle mourait d'envie de lui taper dessus jusqu'à ce qu'il s'arrête. Mais elle ne se sentait plus aucun courage. Soudain, la voiture ralentit puis finit par s'immobiliser complètement. Sandra se redressa et scruta les environs, sans parvenir à discerner quoi que ce soit. La brume, plus dense encore qu'au début de ce voyage fantomatique, formait partout un mur impénétrable.

– On est arrivés chez toi. Nos routes se séparent là.

Brusquement, l'épais brouillard se leva en partie, dégageant une étroite allée jusqu'à l'entrée de son immeuble.

Elle ouvrit la portière et s'apprêtait à sortir quand l'étau formé par la main de David sur son bras stoppa son élan.

– Tu n'as vraiment plus rien à me dire ?
– Je suis désolée pour toi, David, bredouilla-t-elle d'une voix tremblante.
– T'en fais pas, je ne t'en veux pas. Après tout, tu n'étais qu'une gosse. Mais elle, c'est une autre histoire.
– Elle ?

Interloquée, Sandra reculait, cherchant à se dégager de l'étreinte de David. Elle faillit tomber sur le trottoir lorsqu'il se décida enfin à la lâcher.
– Vas-y, elle t'attend.

Le brouillard avait envahi les environs aussi bien que la conscience de Sandra. Les ténèbres se lèveraient-elles ? Elle commençait à en douter, en se dirigeant mécaniquement vers son appartement... et ce qui l'y attendait. En sortant de l'ascenseur, hébétée, elle s'appuya un instant contre le mur. Il n'y avait plus que cela : des murs, partout, se dressant devant elle, contre elle, l'empêchant d'avancer. La rencontre, inévitable, avait été trop longtemps repoussée, l'affrontement, trop souvent différé. L'heure de vérité avait sonné.

En posant la main sur la poignée de la porte d'entrée, Sandra eut l'impression de recevoir une décharge électrique qui, partie de ses doigts, courut le long de ses nerfs pour traverser son bras. Son corps entier était en alerte. Elle referma la porte derrière elle sans quitter le couloir des yeux. Elle s'avança prudemment, hésita, s'arrêta. La jeune femme tendit l'oreille quelques secondes. Ce n'était pas qu'une impression. Un bruit en provenance de la salle de bains. Sourd d'abord. Puis de plus en plus fort. Il lui sembla que quelqu'un chantait. Comme hypnotisée par cette voix, Sandra s'approcha et, bien qu'engourdie par la peur, poussa la porte de la salle de bains, qui s'ouvrit en grinçant. De la buée recouvrait les miroirs et le carrelage. À travers la vapeur, elle voyait des ombres bouger derrière le rideau de douche, tandis que l'eau clapotait doucement dans la baignoire. Lentement, elle écarta la toile en plastique, ne sachant à quoi s'attendre mais déterminée à en finir. Elle resta décontenancée face à cette baignoire simplement remplie d'eau chaude et d'où s'élevaient des volutes de fumée. Une main posée sur le rebord, elle se pencha légèrement en avant, certaine d'avoir vu quelque chose bouger derrière le rideau en entrant dans la pièce. Elle hurla de terreur quand des doigts noircis surgirent de l'eau pour agripper son bras, sans lui laisser le temps de se dégager. Alors qu'elle résistait pour ne pas tomber dans la baignoire, une autre main couverte de cloques l'attrapa par la nuque, la griffant douloureusement, et chercha à l'attirer dans l'eau. Soudain, le sommet d'un crâne, couvert de mèches de cheveux noirs épars flottant comme des méduses, apparut à la surface. Sorti de nulle part, un corps se matérialisa peu à peu. Les contours de la femme, d'abord flous, se dessinèrent de plus en plus nettement tandis que les bras maintenaient leur emprise. Désespérée, Sandra songea que ses efforts pour lutter ne pourraient plus durer longtemps. La créature qui avait émergé de l'eau se redressa brusquement et relâcha son étreinte. Sandra tomba lourdement par terre, sans en éprouver la moindre douleur, et recula aussi vite qu'elle le put en rampant sur le carrelage glissant. Les mains répugnantes enserrèrent le rebord de la baignoire. Ruisselante, la créature se leva lentement, et darda un regard noir sur Sandra. Même vingt ans après, la jeune femme aurait reconnu cet éclat mauvais entre mille. Devant elle se tenait le cadavre brûlé, décomposé, de sa mère, Martha Denison, plus hideuse que jamais. Sur sa poitrine et son ventre, les restes d'un déshabillé en satin rose semblaient incrustés dans sa peau. Martha, vêtue telle qu'elle l'avait vue la dernière fois, posa un pied au sol, puis l'autre, sans quitter Sandra des yeux. Sa voix claqua dans l'air tel un fouet, comme du temps où Sandra, enfant, subissait les colères maternelles.

— Tu n'as pas pu te taire, pas vrai ? C'était plus fort que toi.

Terrorisée, Sandra, encore au sol, poussait de toutes ses forces sur ses jambes pour atteindre le couloir.

Martha Denison, un rictus sur le visage, tendit des bras menaçants.

— Tu ne t'en sortiras pas cette fois. Je vais terminer ce que j'ai commencé.

Sandra reculait, toujours sur les talons, et heurta une commode dans le couloir. Prenant appui sur le meuble qui lui offrait un secours inespéré, elle eut tout juste le temps de se relever avant que les ongles de Martha ne la griffent.

Elle courut vers la sortie et du coin de l'œil, aperçut sa mère, immobile, les bras ballants, la tête penchée sur le côté, poupée malfaisante aux fils coupés. Sandra appuya frénétiquement sur le bouton de l'ascenseur, qui refusa de venir, et se précipita vers les escaliers. Quatre à quatre, elle descendit les marches et ne reprit son souffle qu'une fois dehors, en guettant anxieusement le hall de l'immeuble, persuadée que sa mère ne renoncerait pas à la poursuivre pour l'entraîner vers la mort.

Le cauchemar recommençait, et la conviction qu'il ne cesserait jamais l'écrasa. Les fantômes du passé la hanteraient toujours. Sandra ne pouvait plus continuer à affronter seule cet enfer. Il lui fallait chercher de l'aide.

Chapitre 15

L'ange blanc

Sandra devait réfléchir, vite. Sa voiture avait disparu, son sac à main et son téléphone portable étaient restés chez Claire, il n'y avait toujours pas âme qui vive dans les rues. Partout, le brouillard épais et froid s'était répandu comme une pieuvre déployant ses tentacules. Parfois, il lui semblait entendre au loin, venant de derrière la brume, le même son lancinant, cette sorte de bip mécanique et monotone qu'elle avait perçu par moments dans l'appartement de Claire. Rejoindre la maison de son père semblait exclu, tout comme chercher à gagner son bureau. À une centaine de mètres se trouvait une cabine publique. Elle pourrait prévenir les secours. Elle s'y dirigea en courant. Ses pas martelant le sol renvoyaient un écho caverneux. Elle ralentit, cherchant des yeux la cabine à travers le voile blanc et opaque. Elle connaissait cette rue par cœur, aussi finit-elle par la repérer. Au moment d'attraper le combiné, l'appréhension l'envahit. Elle s'apprêtait à composer le 911, mais pour raconter quoi ? Qu'une silhouette noire aux yeux rouges la poursuivait ? Que son amant et sa meilleure amie avaient été assassinés, l'un à coups de couteau, l'autre par défenestration, et que leurs corps s'étaient volatilisés comme par magie ? Que les fantômes de sa mère et de David Chambers revenaient la hanter ? Que la ville déserte et prisonnière du brouillard semblait en proie à un étrange maléfice ? Son interlocuteur la prendrait pour une folle et lui raccrocherait au nez. Mais Sandra se dit que, dans le gouffre sans fond où elle sombrait, elle n'avait plus grand-chose à perdre. Elle saisit l'appareil et déchanta vite en se rendant compte que la ligne était coupée. Aucune tonalité. Là encore, le néant. Elle aurait dû s'en douter. Qu'est-ce qui pouvait bien lui faire croire que le cauchemar prendrait fin si simplement ? Dans un geste de rage, elle frappa le combiné contre sa base et plaqua ses mains contre la paroi vitrée. Jamais elle ne s'était sentie écrasée par un tel sentiment d'impuissance. Puis, tout à coup, elle entendit un chuintement dans l'appareil, qu'elle agrippa aussi vite que possible, se précipitant sur le maigre espoir d'un quelconque signe de vie.

– Allô, allô, je vous en supplie, s'il y a quelqu'un, répondez-moi. S'il vous plaît, répondez-moi, parvint-elle à articuler péniblement.

Mais il n'y eut d'abord au bout du fil que cette même machine qui s'obstinait à biper au loin. De toute évidence, le destin comptait continuer à jouer avec ses nerfs. Elle perçut enfin les bribes d'une conversation incompréhensible.

« Défaillance cardiaque... Détresse respiratoire... Il n'y en a plus pour très longtemps... Votre accord... »

Derrière les grésillements qui couvraient ces paroles, Sandra mit un certain temps à identifier un autre bruit, ténu. Elle reconnut ce halètement, ce gémissement caractéristique d'une personne en pleurs. Elle pouvait presque voir les épaules se soulever en cadence, le mouchoir tapoter les paupières gonflées et rougies.

« M. Denison, dites-nous quand vous serez prêt... »

Sandra se figea en entendant le nom de son père, puis hurla de toutes ses forces un « *allô* » désespéré. Dans l'écouteur, les voix s'étaient évanouies. Et avec elles, le dernier espoir de Sandra. La jeune femme resta ainsi un long moment, hébétée, terrassée par le poids de la fatalité, puis elle s'affaissa au sol. L'envie de lutter s'amenuisait au fur et à mesure que les heures passaient. Elle la sentait s'écouler hors de son corps comme un mince filet d'eau. Alors que l'abandon commençait à lui paraître le seul refuge possible, elle fut certaine d'entendre une voix l'appeler. Elle tressaillit en se redressant. À nouveau, la voix bienveillante prononça son nom, plus nettement cette fois. Des larmes de joie lui montèrent aux yeux. Aucun doute. Elle aurait reconnu cette intonation entre mille. Connie Sheller, sa collègue. Connie, avec qui elle prenait un café tous les matins et qui lui souriait gentiment. Connie, qui lui apportait des bols de soupe lorsqu'elle était souffrante. Connie, figure maternelle par procuration, au contact si apaisant. Le ciel daignait-il enfin lui envoyer l'aide tant espérée ? Face au chaos qu'elle devait affronter, la jeune femme s'accrocha à cette idée, finalement pas plus invraisemblable que les événements de la nuit passée.

Connie n'habitait qu'à deux pâtés de maisons et avait plusieurs fois déjà invité l'avocate à lui rendre visite. Sandra n'aurait aucun mal à retrouver l'endroit. Dans l'océan de noirceur qui l'entourait, pour la première fois, un flot de lumière jaillissait, lui réchauffant le cœur. Portée par ce nouvel élan, elle courut, fébrile, haletante, aussi vite que ses jambes le lui permettaient. Mais la noirceur n'avait pas encore renoncé : alors qu'elle hasardait un regard vers le côté, l'épaisse brume se dissipa, laissant entrevoir dans une vitrine que Sandra longeait les reflets du monstre qu'était devenue sa mère. Ses traits hideux dégageaient une haine à glacer le sang. Déformée en un affreux rictus, sa bouche criait son nom, encore et encore. Soudain, le verre d'une devanture parut se distendre jusqu'à exploser, puis des bras putrides et des griffes acérées en surgirent, comme des lianes maléfiques lancées à sa poursuite. Avec l'énergie du désespoir, Sandra accéléra la cadence. Derrière, elle entendait le frottement des bras noueux qui rampaient sur le sol. Le temps pressait, dans quelques instants, les bras malfaisants fondraient sur elle. De nouveau, la voix aimante et protectrice de Connie résonna, comme un encouragement à ne pas abandonner.

– Tout va bien se passer, ma belle, souffla-t-elle dans un murmure caressant.

La détermination de la créature à poursuivre Sandra prouvait une chose : l'issue était proche et la force obscure qui tirait les ficelles voulait empêcher la jeune femme de trouver un quelconque soutien. Puis, comme par enchantement, la brume se déchira devant le hall de l'immeuble où vivait Connie. Sandra n'eut pas besoin de chercher sur l'interphone le nom de son amie. Le temps nécessaire à cette ultime manœuvre aurait d'ailleurs signé son arrêt de mort. La porte vitrée, comme mue par une main invisible, s'ouvrit à son approche et se referma instantanément dans un claquement sourd. À bout de souffle, Sandra reprenait ses forces lorsque le vacarme lui fit lever la tête. À l'extérieur, Martha Denison avait foncé sur la porte et tambourinait contre la vitre, la martelait de coups de poing pour la briser. Mais une énergie invisible, dont Sandra pouvait sentir l'aura dorée et chaude, lui barrait le chemin, la condamnant à errer en hurlant en vain le nom de sa fille.

L'appartement de Connie se situait au premier étage. Sandra emprunta l'escalier. Dans le couloir qui s'étendait sous ses yeux, elle n'eut même pas à fouiller dans ses souvenirs pour se repérer. Aimantée par la force mystérieuse qui l'avait sauvée des griffes de sa mère, elle marchait dans un état second. Sur sa droite, une porte grinça. Vêtue d'une longue robe blanche, ses cheveux attachés en un simple chignon dont quelques mèches pendaient, Connie se tenait là, nimbée de la même lumière rassurante que Sandra avait perçue dans le hall d'entrée. Un sourire tendre sur les lèvres, la femme ouvrit de grands bras dans lesquels Sandra s'enfouit comme un enfant en quête de réconfort. Se laisser aller, enfin. Sandra commença à pleurer contre cette peau douce et tiède. Une délicate odeur de jasmin et de rose lui emplit les narines. Pour la première fois depuis le début de cette nuit tragique, la jeune femme éprouvait un sentiment bouleversant de sécurité et d'amour. Elle se sentit défaillir mais les bras solides de Connie la maintinrent debout puis, lentement, la dirigèrent vers un canapé où Sandra s'écroula. Elle resta ainsi longtemps, incapable de se détacher de cette étreinte accueillante. Le ciel qui s'était détourné d'elle lui envoyait enfin un ange. Sandra n'aspirait désormais plus qu'à une seule chose : se blottir sous ses ailes et y rester, à jamais. En lui caressant les cheveux et en la berçant, Connie chantait tout bas. Combien de temps s'écoula-t-il ainsi ? Une heure, un jour, dix ans ?... Sandra n'aurait pu le dire, tant les limites de l'espace et du temps semblaient abolies, n'autorisant plus la moindre certitude.

Connie s'écarta légèrement de Sandra. Une main sur son épaule, elle releva de l'autre le visage de la jeune femme.

– C'est l'heure d'y aller, ma fille.

– Je ne sais plus où aller, plus rien n'a de sens. Je me sens complètement perdue.

– Je sais...

– Ce cauchemar n'en finit pas. Je t'en supplie, aide-moi...

– Je suis là pour ça. N'aie pas peur, tout va bien se passer.

– Si tu savais l'enfer que j'ai traversé.

Sandra se lança dans un récit libérateur. Sa promotion au travail et la soirée avec Claire. La découverte de la liaison entre son amie d'enfance et son amant. Leur meurtre horrible, la chute du haut de l'immeuble, la funeste rencontre avec David Chambers et avec sa mère, Martha Denison.

Connie écoutait attentivement, la tête légèrement penchée sur le côté. Quand Sandra eut fini, son interlocutrice posa les deux mains sur ses genoux. Puis elle prit la parole, posément, assurément.

– Toi seule peux mettre un terme à tout ça. Et je crois que tu le sais déjà.

Les mots se frayaient un chemin dans l'esprit de Sandra.

– Tu es coincée entre les deux mondes depuis trop longtemps. Ni tout à fait dans l'un ni vraiment dans l'autre. Cette lutte incessante a plongé ton âme dans d'infinis tourments. Tu t'infliges toi-même ces souffrances, par peur d'affronter les fantômes du passé. Mais maintenant, tu es prête. N'aie plus peur. Après, ton esprit pourra partir en paix.

Sandra, hypnotisée par les étranges imprécations de cet ange blanc, plongea ses yeux dans les siens, d'une telle profondeur qu'ils semblaient offrir une image de l'éternité. La confusion n'avait pas encore totalement disparu de ses pensées. Et Connie le perçut.

– Tu n'as pas su, pas pu ou pas voulu voir les messages. Maintenant, il est temps de regarder au-delà. Retourne là où tout s'est arrêté.

Comme Sandra tiquait sur ces dernières paroles, Connie sourit avec malice.

– N'oublie pas : ne refuse pas le message qui vient à toi. D'après toi, qui peut survivre à une chute de six étages ?

Les yeux écarquillés, Sandra commençait à comprendre.

La paix l'accueillerait bientôt. Enfin. Des bribes de scènes enfouies dans sa mémoire se faisaient jour. La vérité affleurait. Elle était là, juste sous la surface, ne demandant qu'à être révélée. Le secret de la silhouette noire aux yeux rouges, celle par qui le mal s'était abattu, la dévorait depuis trop longtemps. Après toutes ces années, elle devait la regarder en face après l'avoir arrachée du tréfonds de son âme.

– J'ai été ravie de m'occuper de toi pendant toutes ces années. Maintenant, il faut que tu ailles jusqu'au bout du chemin.

Sur cette ultime recommandation, Connie serra fort dans ses bras la jeune femme, comme on le fait avec un enfant qui s'apprête à prendre la route pour un long, très long voyage.

– Connie, aurai-je la force d'y retourner ? demanda-t-elle dans un chuchotement.

– Laisse-toi faire. Je vais t'y emmener.

Connie se redressa. Son visage lumineux semblait dire à Sandra de ne plus éprouver de peur, de remords ou de tristesse. Elle avisa un petit transistor posé sur une table basse et l'alluma. L'écho lointain d'une musique très douce parvint aux oreilles de Sandra, à peine couvert par l'étrange bip qu'elle avait déjà entendu à plusieurs reprises, dans ce rêve où elle se revoyait enfant, sur son petit vélo rouge, cernée par l'épais brouillard qui lui interdisait tout retour en arrière. Puis dans l'appartement de Claire, quand elle désespérait de pouvoir contacter son père, comme si un mur invisible les séparait, les condamnant à vivre en devinant en pointillé la présence de l'autre. Soudain, le rythme monotone du bip changea. Les notes s'espacèrent inexorablement jusqu'à céder la place à un sifflement ténu, continu, qui bientôt disparut.

Chapitre 16

Le grand saut

L'ange blanc avait tenu parole. Il avait suffi d'une simple pression de sa main contre celle de Sandra pour que tout s'éteigne et se rallume. Avec l'impression de sortir d'un long sommeil, la jeune femme, alanguie, ouvrit doucement les paupières. Comme elle s'y attendait, Connie ne se trouvait plus à ses côtés mais l'avait bel et bien ramenée chez Claire, juste devant la porte d'entrée. Elle devait affronter seule la dernière épreuve qui lui apporterait la délivrance. Les choses semblaient dans l'état exact où elle les avait vues la dernière fois. Un incroyable fouillis régnait dans l'appartement portant encore les stigmates du drame qui s'y était déroulé quelques heures auparavant. Des traces de sang maculaient le sol du couloir, s'étirant de la chambre jusqu'à la salle à manger. La scène devait-elle être rejouée au point que même les cadavres de Mark et Claire réapparaissent ? Sandra devait savoir. D'un pas hésitant, s'appuyant d'une main contre le mur, elle enjamba les débris qui jonchaient le plancher, les vestes tombées pêle-mêle, les chaussures balancées aux quatre coins, le cadre en morceaux et la sinistre image. L'étrange silhouette noire brandissait un couteau vers le couple enlacé qui levait les bras pour s'en protéger. Machinalement, comme si une autre avait pris possession de son corps, la reléguant au rang de spectatrice, Sandra vit ses doigts pousser doucement la porte de la chambre, noyée dans la pénombre. Elle se rappelait très bien où se situait l'interrupteur. Elle l'actionna, préparée, cette fois, au spectacle macabre à affronter. Effectivement, le cauchemar défila à nouveau sous ses yeux. À un détail près. Certes, le corps de son amant gisait toujours au milieu des draps dont le blanc cassé faisait ressortir les taches brunes du sang séché de part et d'autre de son cou. Mais le visage livide reprenait des couleurs. Au-dessus de la plaie béante, il se tourna légèrement vers Sandra, dans un craquement qui fit croire un instant que les chairs allaient se détacher et la tête rouler sur le lit telle une boule lancée dans un jeu de quilles. Puis les paupières scellées par la mort se décollèrent l'une de l'autre, et Mark plongea ses grands yeux bleus dans ceux de la jeune femme. Elle aurait juré qu'il lui souriait.

– Ce n'est pas ta faute. Il a fait ses choix, tu n'étais qu'une enfant et tu n'en portes aucune responsabilité, murmura-t-il dans un souffle avant que sa voix ne s'éteigne pour toujours.

Sandra se remémora le conseil de Connie. Son âme perdue devait s'ouvrir aux messages douloureux qui lui parvenaient. Recroquevillée dans les bras de son ange gardien, les idées les plus sombres lui avaient traversé l'esprit. Celle d'une punition divine consécutive à un très grand crime. Elle ne se serait jamais crue capable d'une telle violence mais de toute évidence, la jalousie, incontrôlable, lui avait fait commettre l'irréparable. Les preuves s'accumulaient et devenaient de plus en plus difficiles à nier. La scène ne lui apparaissait pas nettement, en dépit d'une troublante sensation de déjà-vu.

Dans un accès de rage, elle s'était sans doute emparée d'un couteau, avait égorgé Mark, qui l'avait tellement fait souffrir. Le temps lui avait manqué pour faire subir à Claire le même châtiment dans la foulée. Cette dernière, paisiblement endormie, avait été brutalement tirée du sommeil par le cri horrible poussé par Mark au premier coup, bientôt suivi de ses propres cris tandis que le sang jaillissait du thorax et de la gorge mutilés. L'arme s'était abattue, encore et encore, jusqu'à ce que les hurlements de terreur de Claire la détournent de sa victime. Elle l'avait alors pourchassée dans le couloir, l'avait frappée à l'épaule. Luttant à présent pour sa survie, Claire avait foncé sur elle, la plaquant au mur, essayant de lui faire lâcher son couteau d'une main tandis que de l'autre elle l'agrippait par les cheveux. La bagarre avait continué dans la salle à manger. Les deux femmes avaient tout envoyé valser sur leur passage. Aucune n'avait voulu renoncer. Jusqu'à ce que Claire soit projetée contre la baie vitrée, que celle-ci vole en éclats et que leurs deux corps se fracassent six étages plus bas.

Voilà comment les faits *avaient dû* se produire. Des meurtres trop affreux pour que Sandra puisse dans un premier temps les reconnaître. Mais, sur le point de passer de vie à trépas sur le tas de feuilles en contrebas, elle assumerait pleinement ses actes, pour permettre à tous de partir en paix.

Elle devait affronter une dernière fois la vision du cadavre de Claire. Aussi s'approcha-t-elle du rebord de la fenêtre brisée. Ses cheveux tourbillonnèrent dans le vent tandis qu'elle se penchait et regardait en bas. Curieusement, tout comme Mark, Claire offrait à présent un visage serein, triste mais apaisé. Ses lèvres remuèrent à peine, toutefois Sandra entendit les mots comme s'ils avaient été chuchotés à son oreille.

– Il fallait qu'on te montre ce qui nous est arrivé pour que tu comprennes. Regarde ta main. Souviens-toi et rejoins-nous, Sandra. Et n'oublie pas que ce n'est pas ta faute...

Puis le murmure se dissipa, emporté par une brise glaciale.

Sandra s'appuyait contre le chambranle de la fenêtre pour ne pas tomber. À son poignet pendait le bracelet qu'elle avait trouvé à Falmouth, il y a bien des années de cela, lorsqu'elle n'était qu'une petite fille partie enterrer son minuscule compagnon dans les bois. Elle l'avait aperçu pour la dernière fois au cours de la soirée avec Claire. Sandra avait exhumé son carton à souvenirs du placard et les deux amies avaient plongé dans le passé, attendries devant les photos sur lesquelles étaient figées les images de leur enfance. Comment ce bijou pouvait-il réapparaître à son bras ? Elle l'observa de plus près, la vue trouble. Elle fouilla dans sa mémoire et le brouillard qui obscurcissait son regard se leva. À présent, elle distinguait une plaque en argent, avec un prénom finement gravé sur la face extérieure. La jeune femme avait beau se concentrer, curieusement, elle ne parvenait pas à le lire. Elle se fit la réflexion que, décidément, l'esprit ne donnait à voir que ce qu'il voulait, se jouant de la réalité, suivant sa propre logique.

Une voix intérieure lui susurrait que quelque chose clochait. L'enchaînement des événements tel qu'elle se le représentait, la nécessité de laver sa conscience avant le grand saut... L'ensemble se tenait, certes, mais sonnait faux. Que venaient faire David Chambers et sa mère dans cet étrange tableau ? Pourquoi lui en voulaient-ils à ce point ? Paradoxalement, Mark et Claire, qu'elle croyait avoir tués d'une façon atroce, lui adressaient des paroles réconfortantes. Quelles circonstances inconnues d'elle avaient réuni les personnes de son entourage ?

Les phrases prononcées par Connie lui revinrent à l'esprit. « Qui peut survivre à une chute du sixième étage... Retourne là où tout a commencé... » La réponse se trouvait-elle ailleurs que sous ses yeux, vingt mètres plus bas ? Le sol l'hypnotisait. Chaque parcelle de son corps se sentait aspirée par le trou noir qui s'ouvrait devant elle. Lutter ne servirait à rien. Personne ne peut se jouer du destin. Elle n'avait plus d'autre choix que de sauter, elle y était condamnée, cela s'imposait comme une évidence. À présent, Sandra accueillait son sort non plus avec effroi mais avec soulagement.

Tandis que le ciel et la terre s'inverseraient, que, tête la première, elle rejoindrait le trou noir, l'angoisse diffuse de la mort se dissiperait. Elle était surprise qu'on se fasse un monde d'une fin qui arrive si vite. L'ange blanc ne pouvait pas avoir menti : il suffisait d'un geste et, comme une ultime lumière avant la tombée de la nuit, Sandra verrait comme en plein jour. Elle reconnaissait ces sensations dans sa chair, elle les avait déjà vécues, il y a longtemps. Elle laissa défiler dans les moindres détails cette tragique soirée où sa vie de petite fille avait basculé. Avec l'incroyable envie de se détacher d'elle-même pour rejoindre cette enfant apeurée et en pleurs qu'elle devinait, là, au bout de la route, et qui lui ressemblait trait pour trait. Sandra voulait la prendre dans ses bras, la consoler, lui dire de nouveau qu'elle n'était pas responsable. La gamine tourmentée paraissait l'entendre. Elle se retourna et esquissa un timide sourire. Elle sécha ses larmes.

Sandra ferma les yeux et s'abandonna de tout son être. Sans plus hésiter, elle sauta.

FURIE

Chapitre 17

Dans la chambre

New York, 2012

La pluie crépitait doucement contre les carreaux de la chambre aux murs blancs. La chambre 232. Josh ne réussissait pas à détacher son regard des minces rigoles translucides. Il avait beau s'y être préparé, la tournure des événements ne lui semblait pas moins irréelle depuis que l'hôpital l'avait contacté au beau milieu de la nuit, le priant de venir en urgence au chevet de sa fille. Combien de temps s'était-il écoulé depuis que Sandra avait rendu son dernier soupir sur ce lit immaculé aux draps soigneusement pliés qui la retenait prisonnière, entre sondes et perfusions, depuis l'âge de ses huit ans ? Il n'aurait pu le dire. Mais il savait que c'en était terminé des longs monologues qu'il lui adressait. Le moniteur cardiaque avait égrené les dernières heures, les dernières secondes. Il s'était laissé absorber par ce son mécanique, hypnotique, quand il ne suppliait pas Sandra de rester avec lui.

Les épaules voûtées, il garda le dos appuyé contre ce fauteuil où il était resté assis si souvent à contempler le corps de sa fille qui se consumait lentement, malgré l'intervention quotidienne des kinésithérapeutes. Quelques jours auparavant, les médecins l'avaient prévenu que la fin était proche. En dépit de cette sentence, il n'avait pu se résoudre à ce que l'équipe « débranche » Sandra. Le terme consacré le rebutait et lui évoquait un poste de télévision dont il suffisait de tirer le fil pour que le film s'arrête. Défaillance rénale, cardiaque, respiratoire... La cascade infernale. Heure du décès : 5 h 58. Trois petits chiffres, insignifiants en apparence, et pourtant tellement lourds de sens. L'avant et l'après. Le passé et l'avenir. Mais quel avenir pour Josh, dont la vie s'était définitivement brisée en fragments aussi tranchants que des lames au cours de ce fameux été de 1991 à Falmouth ? Le tranquille chef de secteur d'un groupe pharmaceutique ne croyait pas, à ce moment-là, qu'il fût possible de mourir plusieurs fois. La vie s'était chargée de lui prouver que si. À présent, il pleurait devant la dépouille de cette fille si tendrement chérie, tenait en tremblant cette main que la chaleur commençait à quitter. Les heures passeraient et le corps envahi par le froid prendrait cette teinte livide qui crie : « *Je ne suis plus là, ne me cherche plus sous ce vain morceau de chair.* » Terrassé par le chagrin, Josh se leva, le regard dans le vide. Et ses larmes n'étaient plus seulement celles d'une indicible tristesse, mais aussi celles du remords. Ce poison sans antidote le rongeait jour après jour depuis plus de vingt ans. Car, d'une certaine façon, c'était lui qui avait assassiné son enfant. Bien sûr, il y avait eu son absence, le soir de l'incendie... Mais son rôle dans ce drame ne s'était pas limité à cela, et il le savait.

Il se pencha sur le lit pour déposer un baiser sur le front de sa fille, caresser ses cheveux qu'il avait toujours trouvés si doux, et lui murmurer une dernière fois les mots fétiches – leur rituel du soir qui ne se produirait plus jamais.

– Fais de beaux rêves, lui glissa-t-il avant d'être secoué de déchirants sanglots.

Car c'était justement ce code d'amour qui n'appartenait qu'à eux qui avait tué Sandra.

– Pardon, parvint-il enfin à articuler en pensant à la façon dérisoire dont il avait essayé de se racheter.

Pendant toutes ces années, Josh Denison avait tenté de repousser la mort qu'il avait convoquée sous son propre toit. Il s'était accroché à ce qui fait tenir les gens en pareilles circonstances : l'espoir d'une rédemption. L'espoir qu'une innocente ne paierait pas pour ses crimes. Il promettait de prouver sa volonté d'expier sa faute, feignant de croire qu'on peut s'absoudre soi-même. Josh s'était réfugié dans le déni, ce rempart si facile à la détresse, et avait réussi, certains jours, à oublier. Il était presque parvenu à se persuader qu'il n'était en rien responsable de l'enchaînement tragique des choses et qu'il ne faisait que se battre contre le sort. Les miracles existaient – la littérature spécialisée en attestait –, il le savait et en provoquerait un pour Sandra, tout comme il avait semé le chaos sur son passage. Parce qu'il ne lui restait rien d'autre, Josh s'accrochait à l'idée que les progrès de la science autoriseraient une amélioration de l'état de santé de Sandra. Pendant vingt et une longues années, Josh y avait employé son esprit avec force, écumant encore récemment les forums sur internet en quête de parents ayant vécu une expérience similaire à la sienne. Il avait parcouru les États-Unis à la rencontre des meilleurs professeurs de neurologie. Au moins cette débauche d'énergie lui avait-elle permis de ne pas sombrer... et fourni un exutoire à sa colère, tournée contre les autres plutôt que contre lui-même. Le cas de Sandra ne présentait pas d'intérêt particulier pour les sommités médicales. Plus d'une fois, il avait ravalé sa rancœur, ou à l'inverse avait craqué ouvertement à la vue de médecins peu enthousiastes devant ses suppliques répétées. Deux d'entre eux seulement avaient consenti à venir au chevet de la jeune malade, peut-être émus par cette histoire d'un père de famille parti en déplacement quelques jours et qui avait perdu sa femme et sa fille. Comme si le récit de cette existence fracassée par la survenue d'un tel drame pouvait trouver un écho, même faible, en chacun. Effectivement, ils s'étaient déplacés. Mais après avoir méticuleusement ausculté la patiente, consulté les bilans, ils avaient formulé les conclusions que Josh se refusait obstinément à entendre : « État végétatif chronique. » Le fait que Sandra s'accrochât ainsi à la vie tenait déjà à leurs yeux du miracle.

En revanche, Josh ne reprochait rien à l'équipe de Cornell – qui s'était parfaitement occupée de Sandra –, même s'il détestait cette moue compatissante qu'il surprenait parfois sur le visage de certains soignants. Mais il les comprenait. Comme le client régulier d'un hôtel, Sandra avait quitté le statut de simple patiente pour un autre, moins anonyme. Tous l'appelaient par son prénom, comme on se le permet d'une connaissance, quand l'intimité et la banalité s'installent. Il se disait parfois avec amertume que ces étrangers étaient devenus en quelque sorte une seconde famille pour sa fille. En particulier cette gentille infirmière, Connie Sheller, dont il soupçonnait qu'elle avait fini, avec le temps, par s'attacher à la jeune fille. Sans qu'elle le sache, à travers la porte entrouverte, il l'observait souvent, avec son beau sourire, ses seins lourds qui tendaient sa blouse, penchée sur Sandra, rajustant une couverture, tapant sur un oreiller, passant délicatement sa main dans les cheveux de la malade. Après son passage, il humait le délicat parfum de jasmin et de rose qui emplissait la pièce. Une sorte d'ange blanc qui avait tellement fait défaut à sa fille. Quelle ironie du sort. Il avait fallu que Sandra termine sa vie si courte dans cet hôpital, par sa faute à lui, pour trouver enfin le réconfort d'un geste maternel. Il avait aussi surpris Connie Sheller en train de lui parler.

« Tout va bien se passer, ma belle. Je vais prendre soin de toi », lui soufflait-elle alors dans un murmure bienveillant.

Peut-être Connie Sheller exprimait-elle là son désaccord avec le verdict implacable des médecins. Lui-même en avait passé, des heures, à parler à Sandra pour la stimuler. Il avait lu des histoires incroyables de personnes plongées dans le coma pendant des années et qui se réveillaient en livrant des détails stupéfiants sur des conversations entendues dans leur chambre. Aussi avait-il entrepris de lui raconter régulièrement ce qui advenait dans sa propre vie, qu'il traversait par ailleurs comme un robot. Le brillant cadre promis à une belle ascension au sein du groupe pharmaceutique qui l'employait avait baissé les bras. Sa direction, peut-être par culpabilité, lui avait pourtant laissé la gestion commerciale de quelques médicaments au sein de son ancien département. On ne renvoie pas un homme dont la maison est partie en fumée pendant un de ses déplacements professionnels. Si une telle chose venait à se savoir, elle ferait tache pour l'image du groupe et les ventes pourraient en souffrir. Josh Denison n'était pas dupe mais il s'en fichait, s'en amusait même lorsqu'il le racontait à Sandra. Et puis, la société avait consenti à maintenir l'assurance-santé qui prenait en charge une grosse partie des frais médicaux engagés pour sa fille. Josh n'en demandait pas davantage. Ainsi lui racontait-il son quotidien, par envie ou par habitude. À elle, il n'avait pas besoin de mentir et le monologue tournait parfois à la confession. Il revenait alors sur cette terrible soirée de l'été 1991. Ou encore sur les brumes de l'alcool où il flottait quand il forçait trop sur le gin ou le whisky, vautré sur son canapé, parvenant à peine à entrouvrir les paupières ou même à bouger la tête. Une petite faiblesse dont il s'accommodait fort bien depuis le drame. Qui l'en blâmerait ?

Mais ce qu'il préférait, c'était lui expliquer à quoi ressemblerait leur vie quand, enfin, elle sortirait du coma. Il adorait en imaginer les moindres détails. Ils tourneraient la vilaine page de Falmouth, d'où ils partiraient pour Clifton, dans la banlieue de New York. Il savait la petite fascinée, tout comme sa copine Claire Jenkins, par le gigantisme des gratte-ciel, les lumières inondant les avenues, la course enivrante des grandes villes. Le week-end, un tour dans les manèges de Coney Island s'imposerait. La barbe à papa leur collerait délicieusement aux doigts, qu'ils lécheraient en riant. Depuis la grande roue, leurs yeux se perdraient sur la mer scintillante. Le soir, il l'emmènerait à Broadway voir l'un de ces spectacles pleins de paillettes, de strass et de ces airs enjoués qu'il entendait jadis Martha fredonner dans la salle de bains. Ils s'installeraient dans une belle petite maison. Josh en avait d'ailleurs repéré une qui ferait assurément l'affaire. Ils resteraient là pour toujours, papa la surveillant depuis le pas de la porte avec un visage rassurant, ne la quittant pas des yeux alors qu'elle arpenterait les rues du quartier sur son petit vélo rouge. Le temps se figerait. La pelouse d'un beau vert tendre, impeccablement tondue, soulignerait délicatement la façade du pavillon, d'un blanc immaculé. À l'arrière, dans le jardin, les tournesols dresseraient gaiement leur corolle. Sandra pourrait sentir la douce caresse du soleil sur sa peau, respirer le parfum délicat des arbres en fleurs. Depuis les fenêtres entrebâillées, l'odeur des tartes aux pommes cuisant au four viendrait délicieusement lui taquiner les narines. Elle rejoindrait pour une partie de corde à sauter ses copines du quartier, qui s'appelleraient... Tina et Pam, pourquoi pas. Il y aurait aussi une épicerie qui ferait l'angle, avec un nom facile à retenir, Moodie's par exemple. L'après-midi, en rentrant de l'école, elle courrait y acheter ses sucettes préférées. Des monstres de sucre roses aussi gros que la tête, dans lesquels elle mordrait à pleines dents. Et personne ne la disputerait. Lorsqu'il lui resterait par miracle un peu d'argent au fond de la poche, Sandra attendrait sagement au bord du trottoir que passe le marchand de glaces, comme Josh lui-même le faisait à son âge, se réjouissant du rituel immuable : au loin, la petite musique de fête foraine, reconnaissable entre toutes, résonnant de plus en plus fort. Puis l'arrivée de la fourgonnette blanche au moteur ronronnant comme un gros chat, surmontée de sa spirale crémeuse de vanille et de fraise en plastique, merveilleuse promesse de joies enfantines.

Sandra avait neuf ans quand son père avait commencé à lui raconter cette histoire, le soir venu, dans la pénombre de la chambre. Peu après, il avait craqué pour un petit pavillon en tout point comparable à celui de son récit et l'avait joyeusement annoncé à Sandra, juste avant d'organiser son transfert de Saint-James, à Falmouth, au centre hospitalier Cornell, à New York. Vinrent les dix, onze, douze ans de l'enfant... Josh avait arrêté de parler de la jolie maison blanche. À treize ans, les jeunes filles n'arborent plus de couettes aux élastiques bariolés en s'échappant sur un petit vélo rouge, elles ne taquinent plus le père qui surveille, attendri, les parties de corde à sauter dans la rue. Elles n'attendent plus la venue du marchand de glaces, assises au bord du trottoir, les genoux repliés sous le menton.

Une fois, Josh s'était ouvert à Connie Sheller de son découragement. Persuadé que l'infirmière le comprendrait, il lui avait expliqué comment, jour après jour, il s'obstinait à parler à Sandra dans l'espoir, aussi ténu fût-il, de la raccrocher à la vie. Elle avait fixé sur lui un long moment ses beaux yeux verts, la tête inclinée dans ce geste d'écoute attentive qu'il appréciait chez elle.
– Ils peuvent dire ce qu'ils veulent, personne ne sait ce qui se passe vraiment quand on est entre les deux, avait-elle fini par lâcher.
– Entre les deux ? avait repris Josh, dubitatif.
– Entre la vie et la mort, à un autre niveau de conscience. Je pense que les patients peuvent nous entendre, même si leur corps ne leur permet plus de nous le montrer. Alors moi aussi je leur parle. Pas pour entretenir un vain espoir chez les proches, mais pour qu'eux sachent qu'ils ne sont pas seuls et qu'à ma façon, je veille sur eux.
Josh, soudain en proie à une violente émotion, avait détourné le regard.
– Vous avez raison, Josh, continuez à lui parler, lui avait alors glissé l'infirmière en posant gentiment sa main sur la sienne.
Dans les yeux de cette femme, il ne décelait pas l'incrédulité mêlée d'arrogance qu'il lisait parfois dans le regard de certains médecins, notamment celui de

Monica Stanton, une neurologue dont la froideur – ou l'indifférence ? – le mettait mal à l'aise. Son apparence glaciale n'arrangeait rien à l'affaire. Sous la frange noire du carré lui tombant aux épaules perçaient des yeux durs, et de sa bouche pincée, marquée par un grain de beauté, ne tombaient que des mots abrupts, lapidaires. Exactement l'inverse de Connie Sheller. Josh avait appris à connaître l'infirmière au gré de quelques confidences. Elle avait récemment divorcé après que ses enfants, devenus grands, avaient quitté le cocon familial pour sauter dans le bain de l'université. Et elle ne désespérait pas de rencontrer l'âme sœur. Josh se sentait troublé par la force des grands yeux verts pétillants. Rien ne semblait pouvoir abattre cette femme. Ou alors, elle n'en laissait rien paraître. En réalité, Connie Sheller faisait beaucoup plus que parler aux malades. Elle les respectait et estimait que les patients lui donnaient beaucoup en retour. Déballer ses états d'âme n'était pas dans sa nature mais parfois, dans le silence tranquille d'une chambre, Connie ouvrait son cœur. Quand il arrivait – exceptionnellement – que la tristesse l'emporte, elle observait d'un air attendri le lit, la forme inerte, cherchait à voir la personne au-delà du corps, se demandant quels avaient été ses doutes, ses joies, ses peines. L'empathie chassait alors tout nuage de son esprit et Connie mettait un point d'honneur à introduire un peu de gaieté dans la routine des soins. Aussi rapportait-elle parfois un transistor dont le volume était réglé au minimum afin de ne pas s'attirer les commentaires désobligeants de certains praticiens. Elle fredonnait alors les chansons qui passaient de sa belle voix fluette, se moquant d'elle-même après avoir raté une note, souriant de plaisir en entendant l'un ou l'autre refrain. Lorsque la radio crachait un vieux tube, Connie replongeait des années en arrière, dans le brouhaha des fêtes universitaires. Son premier petit copain, Edmond Pike, qui deviendrait son futur mari… et ex-mari, l'avait couchée sur la banquette en cuir usée et collante d'une voiture défraîchie. Les ébats, bâclés, avaient duré le temps d'une chanson. Néanmoins, Connie gardait un souvenir ému de cette époque synonyme d'une liberté nouvelle toute mêlée de délicieuse insouciance. Après, rien n'est plus jamais pareil. Aujourd'hui, elle pensait avec un pincement au cœur à ce même campus de New York, en se disant que sa fille, Lucy, serait privée de la douce nostalgie de ces années-là. Malgré ses mises en garde répétées, elle ne l'avait pas écoutée, et elle était tombée dans les filets d'un joueur de l'équipe de football devant lequel toutes les étudiantes se pâmaient. La jeune femme avait imaginé son sort différent de celui des autres, éconduites sans ménagement après avoir cédé à l'objet de leurs tourments. En fait, son sort avait été pire. Car un jeu sordide animait les soirées de ces garçons. Au Madison, un des cafés situés en face du campus, avachis sur les tables, ils lançaient des paris sur celui qui réussirait à prendre la meilleure photo de ses conquêtes… dénudées. Les téléphones portables leur facilitaient grandement la tâche. L'auteur des clichés de la pauvre Lucy Pike avait remporté la « cagnotte ». L'affaire, peu reluisante, aurait pu en rester là. Seulement, quelques échanges de fichiers plus tard, un des membres du groupe avait décidé d'aller plus loin en imprimant une des photos et en la placardant sur le panneau destiné aux petites annonces du campus. Bien sûr, les auteurs du canular avaient été facilement identifiés et renvoyés de l'établissement. Mais le mal, irréparable, avait brisé la pauvre Lucy Pike.

Un jour où l'infirmière avait le moral au plus bas, elle s'était épanchée auprès de Josh. Il était resté assis dans le fauteuil comme à l'accoutumée, les épaules voûtées, les coudes enfoncés dans les cuisses, les doigts croisés en regardant Sandra. Josh avait éprouvé de la peine pour cette femme attentive et dévouée aux autres, qui cherchait le moyen de consoler sa fille. Un frisson lui avait parcouru l'échine, ainsi que l'envie d'aller en découdre avec les petites frappes qui avaient humilié la jeune femme de la sorte. Comme Connie lui demandait ce qu'il ferait en pareille circonstance, Josh avait du reste proposé sans détour de se charger d'eux. Car il comprenait le chagrin de Connie. Cette dernière avait refusé l'offre, craignant de lui attirer des ennuis. Puis le temps avait fait son œuvre, pansant les blessures de la jeune Lucy, adoucissant le chagrin de sa mère. Mais ce douloureux épisode avait renvoyé le père de Sandra à ses propres démons, à ses regrets de n'avoir pas su protéger sa fille. Plus tard, en s'assoupissant chez lui, Josh, qui accueillait d'ordinaire le sommeil comme une délivrance, en avait fait des cauchemars où il imaginait la scène de la « cagnotte », la photo punaisée sur le liège assortie d'un commentaire salace grossièrement marqué au feutre noir. Dans ce mauvais rêve, Josh serrait les poings, ses ongles s'enfonçant dans la chair de ses paumes. Sur son visage aux mâchoires crispées se lisait la colère. Il voyait Sandra, marchant vers lui tête baissée, l'air accablé. Il courait la chercher, essuyait les larmes coulant sur ses joues et la priait, sans la brusquer, de tout lui raconter.

Chapitre 18

Le murmure

New York, 1993

Le bras sur l'accoudoir du fauteuil, le menton calé dans la main, Josh commençait à piquer du nez. Il mit quelques secondes avant de réagir au grincement de la porte, annonciateur d'une visite. Sandra n'en recevait plus énormément ces derniers temps. Deux années avaient passé depuis son hospitalisation. Au début, la famille, les amis, les connaissances avaient défilé dans la chambre aux murs blancs. Par amour pour les uns, par devoir ou par respect pour les autres. Puis les visites s'étaient espacées, inexorablement. Aussi Josh fut-il surpris, ce matin-là, de voir les parents de Martha, Ingrid et William, entrer à pas feutrés dans la pièce. Presque sur la pointe des pieds, comme pour s'excuser d'être là. Les six premiers mois après l'accident, ils faisaient régulièrement le trajet depuis le Maine, où ils s'étaient installés il y a une dizaine d'années après une vie passée dans le Wyoming, pour se pencher au chevet de leur petite-fille. Josh leur trouva une mine affreuse. Sans doute d'ailleurs devaient-ils penser la même chose de lui. Ses beaux-parents s'efforçaient de faire bonne figure, aujourd'hui encore, mais le drame avait douloureusement marqué de son empreinte leurs visages, ne laissant plus apparaître qu'un teint crayeux d'où émergeaient des yeux rougis. Tous trois se saluèrent brièvement, esquissèrent un semblant de sourire. À leur air emprunté, Josh devina leur malaise. Son cœur se serra en voyant Ingrid caresser la main de Sandra comme si ce geste, maintes fois répété, pouvait suffire à la réveiller. William, d'une nature renfrognée, resta debout dans l'angle de la pièce, enfermé dans un mutisme pesant. Il devenait de plus en plus pénible pour Josh de supporter les regards accusateurs d'Ingrid et William. De toute évidence, ils le tenaient, au moins en partie, pour responsable des cruels événements de Falmouth. D'un certain côté, il les comprenait – le lourd secret qu'il portait ne pouvait lui inspirer autre chose que de l'indulgence à leur égard –, tout en espérant que les circonstances finiraient par les rapprocher, car il se sentait plus seul que jamais. Mais, même si personne ne le savait encore dans l'atmosphère oppressante de cette chambre, le poids du chagrin devait venir à bout d'Ingrid et William, qui allaient être emportés par la maladie dans les deux ans qui suivraient.

Dieu merci, ce jour-là, ils prétextèrent un rendez-vous en ville avec de vieilles connaissances et s'éclipsèrent rapidement. En son for intérieur, Josh en fut soulagé. S'il avait déploré, au départ, le fait de ne pas pouvoir compter sur les siens – sa propre famille étant originaire du Wyoming –, il appréciait peu, désormais, d'être interrompu dans ses tête-à-tête avec Sandra. Pas plus tard que la semaine dernière, Mme Kinley, la voisine à l'origine du coup de fil au centre de secours, avait fait le déplacement pour on ne sait quelle raison et promis de se rendre disponible, si Josh le souhaitait évidemment. Il avait poliment décliné l'offre, qu'il supposait davantage animée par le désir de Mme Kinley, récemment divorcée, de lui mettre le grappin dessus que par celui de le soutenir réellement. Du reste, il n'avait jamais aimé les œillades qu'elle lui coulait dès que Martha avait le dos tourné, et encore moins ses lèvres qui se pinçaient durement dès qu'elle apercevait Sandra traînant entre les jambes de son père, dans le jardin.

Derrière la barrière de solitude érigée autour de Josh, il n'existait qu'une intrusion qui ne le violentât pas : les visites de la petite Claire Jenkins, amenée de temps à autre par sa maman. Mme Jenkins avait justement téléphoné avant-hier – à croire que tout le monde avait décidé de débarquer ce week-end – et proposé de se rendre à l'hôpital, si toutefois Josh n'y voyait pas d'inconvénient. Il avait accepté et se surprit à surveiller les aiguilles de sa montre. Bientôt 11 heures. Les Jenkins n'allaient pas tarder. Avec un peu d'avance, une tornade blonde âgée de dix ans débarqua d'une façon rafraîchissante dans la pièce. Le malheur qui hantait ces murs ne semblait pas avoir de prise sur la petite fille. Sur le moment, Josh, secrètement admiratif et revigoré par ce bouillonnement d'énergie, envia la capacité de l'enfant à s'abstraire de l'environnement maussade. Mais sa joie fut de courte durée. Claire déposa un ourson en peluche, auquel il manquait un œil en plastique, sur le lit de Sandra. Josh, bouleversé, se sentit mal et ne parvint pas à cacher son malaise.

– Voulez-vous que j'aille nous chercher quelque chose à boire ? s'enquit Mme Jenkins, probablement soucieuse de lui permettre de se ressaisir.

Josh acquiesça en silence. À vrai dire, il avait vu bouger les lèvres de Mme Jenkins, mais le bourdonnement dans ses oreilles couvrait tout autre son.

D'une main hésitante, il toucha le fin tissu cotonneux, puis empoigna ce qui s'apparentait désormais à une sinistre relique. Même si un passage en machine à laver lui avait quasiment rendu sa blancheur d'antan, Josh avait immédiatement reconnu l'ours borgne, le compagnon préféré de Claire, celui-là même qu'il avait aperçu gisant au milieu d'emballages de bonbons, le fameux soir dans la cabane, quand le cours de son existence avait irrémédiablement basculé. Josh sursauta et une peur incontrôlable lui fit subitement lâcher la peluche. Était-ce le fruit de son imagination ? L'espace d'un instant, il avait cru voir l'œil torve de l'ourson pivoter dans son orbite et se braquer sur lui. Une lueur mauvaise pointait au fond de la prunelle en plastique tandis qu'un murmure grinçant s'élevait dans la tête de Josh : « Je sais ce que tu as fait. J'étais présent ce soir-là. Je t'ai vu. Pauvre fou, il reste toujours des témoins, toujours des traces. »

Le bourdonnement dans ses oreilles s'intensifia, au point de lui faire croire que son crâne allait exploser. À ses côtés, la petite Claire Jenkins, ignorant tout des tourments qui agitaient le père de Sandra, continuait à babiller joyeusement. Elle sauta sur le lit sans prendre garde à l'enchevêtrement de fils qui reliaient la jeune malade aux machines, puis se lança dans le récit de leurs futures aventures à Falmouth. En particulier, Claire lui parla de la cabane construite dans la forêt, où elles grimperaient pour y manger des confiseries. Elle ponctuait ces distractions imaginaires d'un tonitruant :
— J'ai vraiment hâte que tu reviennes jouer avec moi.
Elle lui promit que, dans la cuisine de sa mère, du miel dégoulinerait des crêpes sur leurs doigts à l'heure du goûter. Elle lui fit ensuite une description détaillée des futures nuits le week-end chez l'une ou l'autre, qui se dérouleraient sous une tente improvisée à l'aide de couvertures. Elles s'éclaireraient avec une petite lampe

chapardée dans la commode du bas et se raconteraient des histoires de revenants. Claire avait visiblement tout prévu. Même le changement de registre des amusements à l'adolescence. Ce n'était plus le miel qui dégoulinerait sur les doigts, mais le ketchup au fast-food du coin, juste avant une virée entre copines au cinéma. Bien sûr, elles se chipoteraient pour savoir qui irait s'asseoir à côté du beau garçon, là-haut sur la rangée du fond, mais ce ne serait rien de bien méchant. Le soir, dans l'intimité de la chambre, elles poufferaient de rire autant que de gêne en avouant leur premier baiser, un peu raté. Claire, intarissable, enchaîna sur les projets d'études à l'université. C'était décidé, elle opterait pour la fac de droit, avec la ferme intention de devenir avocate, empruntant la voie paternelle à une nuance près : pas question de moisir à Falmouth.

– Tu sais de quoi je rêve ? glissa-t-elle encore à Sandra. Je rêve de New York, des grandes avenues, des lumières, des gratte-ciel. Ce sera chouette…

Le monologue bifurqua vers sa spécialisation. Claire hésitait encore entre le droit des affaires et celui de la famille. Elle ne comprenait pas ce que tout cela signifiait. Mais elle était persuadée, après avoir capté les bribes d'un reportage à la télévision, qu'il s'agissait de choses sérieuses, comme les aiment les adultes. Face à elle, l'esprit de Josh avait quitté la pièce depuis un petit moment.

– Claire, arrête, tu vois bien que tu fatigues M. Denison, la rudoya Mme Jenkins.

Elle avait gardé les gobelets à la main en attendant patiemment que Josh sorte de sa torpeur. Et le café commençait à refroidir.

Chapitre 19

Le feu du chagrin

New York, automne 2010

Peu après 20 heures, Claire gara dans un dernier vrombissement son magnifique cabriolet blanc à la capote noire, un brin tape-à-l'œil, sur sa place réservée dans le parking souterrain de l'immeuble où elle vivait à Brooklyn. La jeune avocate regagna son appartement, encore pimpante malgré une journée harassante. Le cabinet Hartmann, qui l'avait embauchée dès la sortie de l'université et nourrissait apparemment de grands desseins pour elle, la noyait sous les dossiers. C'était un test, mais la jeune femme aimait relever les défis. Un objectif la taraudait et elle n'en démordrait pas : s'associer à Kyle Hartmann, si possible dans les cinq ans. En dépit de son importante charge de travail, elle avait profité de la pause-déjeuner pour se rendre au chevet de Sandra, à l'hôpital Cornell. Une promesse faite à son amie d'enfance, qu'elle honorait régulièrement. Ces visites lui faisaient un bien fou. Claire aimait livrer à Sandra les secrets de son cœur. Au moins, s'épancher auprès de cette confidente muette ne présentait aucun risque. Elle en repartait à chaque fois soulagée. Car il y avait forcément un prix à payer en échange de sa réussite, et elle l'acceptait de bonne grâce : une relative solitude, partiellement comblée par des compagnons qui tous restaient occasionnels. Sauf le dernier. Dans un froissement de soie faisant écho au claquement de ses hauts talons, elle s'avança dans le couloir en chantonnant, se délesta de son manteau et de sa mallette puis se dirigea vers la salle de bains. La cause de sa bonne humeur tenait en onze lettres. Mark Stanton. Son amant, son collègue et accessoirement le mari de Monica Stanton, une neurologue glaciale qui officiait justement à Cornell. Le destin réserve parfois de drôles de surprises. Claire avait repensé à l'étrange imbrication des événements pas plus tard que ce midi, en arpentant les couloirs de l'établissement, croisant les doigts pour ne surtout pas tomber sur le médecin. Qui pouvait-elle si, de fil en aiguille, la bonne entente avec son voisin de bureau s'était muée en franche camaraderie, puis en une irrésistible attirance ? Pourquoi se reprocherait-elle l'étreinte torride survenue un soir au travail alors qu'ils revoyaient ensemble des plaidoiries ?

Un frisson parcourut Claire au premier jet brûlant de la douche. Mark avait prévu de passer peu après 21 heures et le simple fait de penser à sa venue suffisait à lui ôter toute fatigue. Elle mourait d'envie de rester ainsi alanguie, la tête levée vers le pommeau d'où jaillissait l'eau chaude, si enveloppante, si réconfortante. Mais elle se laisserait aller une autre fois. Le temps pressait. Elle voulait se refaire une beauté. Après quoi, elle changerait les draps. Devait-elle enfiler l'une de ces nuisettes sexy dont il raffolait ou l'attendre dans le plus simple appareil ? Ce soir, Claire avait envie d'une nudité brutale, d'une montée électrique du désir, d'être empoignée par la nuque et pressée contre les endroits les plus intimes et les plus chauds du corps de son amant. Ensuite, une discussion s'imposerait. Le lendemain peut-être, après le petit déjeuner. Peu à peu, leur relation, au départ un simple adultère, s'était muée en un lien beaucoup plus fort, peut-être même de l'amour. Et Claire s'agaçait que Mark rechignât à envisager une séparation. Elle ne voulait pas le harceler de questions, surtout pas ce soir, et devinait que l'idée de ne plus voir sa fille pesait lourd dans la balance. Tout comme les dommages collatéraux d'une procédure qui ne pourrait être que houleuse. Aux dires de Mark, son épouse était toujours très éprise de lui et ne lâcherait pas l'affaire facilement. Claire secoua la tête comme pour évacuer ces pensées, se sécha les cheveux et s'enroula dans une grande serviette. Elle se rendit dans sa chambre et ouvrit son armoire, fouillant les étagères du regard. Les draps de satin crème seraient parfaits.

La veille, sous les questions pressantes de sa femme alors qu'il terminait son petit déjeuner, Mark, à bout de nerfs, avait pourtant failli lui avouer son infidélité. Puis il s'était une nouvelle fois dérobé, ne se sentant pas prêt à affronter l'inévitable scène de ménage qui suivrait. Au fil du temps, il s'était accommodé de ces petites lâchetés qui permettent de reculer l'heure du choix. Du reste, son cœur avait tranché depuis un moment. Aussi se contentait-il de multiplier outrageusement les mensonges qui lui offraient des plages de liberté pour ses entrevues avec Claire Jenkins.

Son rendez-vous du lendemain l'émoustillait déjà. Il avait promis à sa maîtresse une nuit complète. Avec la contrepartie désagréable mais nécessaire d'avoir à trouver un nouveau bobard à l'intention de sa femme. Il l'appela sur son portable dans l'après-midi et s'attendait à tomber sur la messagerie lorsque, à son grand regret, Monica Stanton répondit. Oui, encore une fois, il devrait partir en déplacement pour rencontrer un client demain soir. Où ça ? À Washington. Non, il ne la prenait pas pour une idiote. Qu'elle demande donc à son patron, si elle ne le croyait pas. Oui, d'accord, une mise au point aurait lieu ce week-end. Ses molles excuses ne suffirent pas à adoucir Monica, dont la voix tremblait de colère. Après avoir raccroché, Mark se demanda s'il tenait finalement tant que cela à se séparer d'elle. En son for intérieur, il retirait un certain plaisir à se sentir convoité par deux femmes et ne pouvait nier l'excitation liée au goût de l'interdit. Trop occupé à retarder la confrontation tant redoutée, il ne vit pas, cette fois-là comme les autres, le feu du chagrin qui ravageait le cœur de son épouse.

À l'autre bout de la ville, Monica claqua rageusement son téléphone sur le bureau, le visage livide. Elle avait essayé si souvent de se convaincre du bien-fondé des arguments que son époux lui avançait : un passage à vide, un surmenage lié au travail, des affaires compliquées qui lui absorbaient l'esprit... Mais une petite voix intérieure lui soufflait un tout autre refrain : Mark la trompait. Monica avait tenté par tous les moyens d'étouffer la petite voix et, maintenant qu'elle avait découvert le pot aux roses, elle se faisait l'effet d'une gourde. Aucune fatigue au monde ne peut éteindre cette lumière qui brille dans les yeux devant l'être aimé. Mais une autre femme, si. Monica ne s'en croyait pas capable mais, dévorée par la jalousie, elle avait fouillé la veille dans les affaires de son mari... Et trouvé la preuve irréfutable de ce qu'elle cherchait. Après le coup de fil de Mark, un affront de plus à ses sentiments autant qu'à son intelligence, la neurologue craqua. Dans la chambre de Sandra, pendant la tournée auprès des patients, son épaisse carapace de froideur se fissura devant une infirmière, Connie Sheller. Monica Stanton pleura, comme cela ne lui était plus arrivé depuis longtemps. Peut-être était-ce lié à la présence de l'infirmière, qu'elle savait si réceptive aux émotions des autres. Une boule dans la gorge, elle lui raconta avoir trouvé des SMS sans équivoque dans le portable de son mari. Ce dernier avait pris soin, récemment, d'en changer le code d'accès, redoublant par là sa méfiance. Contourner cette difficulté s'était révélé chose aisée. Monica avait tenté plusieurs numéros, dont la date de naissance de leur fille. Bingo. La cruelle vérité lui avait planté un poignard droit dans la poitrine. Comment avait-elle pu être aussi stupide, aussi naïve, aussi aveugle, gobant la longue liste des stratagèmes employés pour la berner ? Un rendez-vous avec un client qui s'éternise en soirée, un dossier en retard, un séminaire de travail le week-end… Qui se cachait derrière le prénom de Claire ? Qui avait lancé le premier regard ambigu, donné le premier baiser ? Elle ne le saurait jamais. Elle resterait avec son amertume, ses regrets, et ses doutes sur la sincérité de tous les moments passés avec son mari depuis le premier jour. Dire qu'elle s'était épuisée à prendre le maximum de gardes, dès le début de son internat, pour que Mark puisse poursuivre ses études de droit… Dans les messages, chaque mot l'avait écorchée à vif. Elle se souvenait en particulier du dernier : « On peut se voir après-demain. Rejoins-moi chez moi, 21 heures. Le code d'entrée vient de changer, voici le nouveau… » À partir du numéro de téléphone, Monica Stanton avait facilement déniché un nom et une adresse. Elle s'y rendrait et en aurait le cœur net. Lorsqu'elle s'ouvrit de ses intentions à Connie Sheller, celle-ci la força à s'asseoir, la prit dans ses bras pour la réconforter et tenta vainement de l'en dissuader. Se mettre dans une telle situation ne pourrait que la faire souffrir davantage.

Mieux valait crever l'abcès ce soir, dès son retour de l'hôpital, puis se laisser le temps de la réflexion avant de mettre, ou non, un terme à ce mariage. Connie détesta, alors, la lueur de fureur qu'elle perçut dans le regard de son interlocutrice.

Du reste, elle ne fut pas plus rassurée le lendemain en apprenant que le médecin avait téléphoné à l'hôpital pour avertir de son absence, prétextant un état grippal. Elle contacta sa collègue, lui proposa de passer la voir après le travail pour dîner avec elle. Elle préparerait le repas elle-même ou alors passerait chez ce traiteur que Monica Stanton appréciait tant... Bref, tout ce qui lui ferait plaisir. Mais Monica la rabroua, assez sèchement. Connie n'insista pas.

Le jour suivant, elle était en train de changer la perfusion de Sandra lorsqu'une autre infirmière entra en trombe dans la pièce, l'air bouleversé. La rumeur du drame s'était répandue comme une traînée de poudre dans l'hôpital : Monica Stanton avait découvert que son mari la trompait, elle l'avait suivi jusque chez sa maîtresse...
– Tu te rends compte, c'était la jeune avocate qui rendait de temps en temps visite à Mlle Denison, expliqua-t-elle à Connie. Elle y est allée au petit matin, apparemment après avoir bu toute la soirée. Les policiers ont retrouvé des bouteilles vides dans son salon. Une fois là-bas, elle a d'abord égorgé son mari dans la chambre avec un couteau de cuisine. Sûrement que ça a réveillé l'avocate. Le docteur Stanton et elle se sont apparemment battues. Pour finir, elles sont toutes les deux tombées par la baie vitrée, du haut de l'immeuble. Tu te rends compte ? Figure-toi qu'elles ne sont pas

mortes tout de suite, mais dans l'ambulance. Un tas de feuilles avait amorti leur chute. C'est complètement dingue. Tu parlais avec elle, des fois... Tu avais vu venir le coup, toi ?

Il fallut quelques minutes à Connie, le souffle coupé, pour reprendre ses esprits.

Josh, médusé, apprit la nouvelle par une chaîne de télévision locale. Sur le moment, il s'en voulut de ne pas avoir pris davantage le temps, lors d'une récente visite, de parler avec Claire. L'occasion ne se présenterait plus et cette évidence lui donna le tournis. Une vague de haine s'empara de lui lorsqu'il pensa à Monica Stanton, dont l'accès de folie venait de briser quatre vies : celle de Claire, la sienne et celle de son mari, mais aussi celle de leur petite fille. En même temps, il se sentait mal placé pour la juger. La pitié succéda alors au dégoût. Les failles si terriblement humaines de Monica Stanton faisaient écho aux siennes. Machinalement, il dirigea la télécommande vers le poste et l'écran devint noir. Noir comme ce fameux soir où tout avait basculé, il y a dix-neuf ans. Un flot de souvenirs submergea sa mémoire.

Chapitre 20

Les yeux rouge sang

Falmouth, été 1991

Sandra rangeait consciencieusement ses affaires d'école dans l'armoire de sa chambre, comme maman l'avait ordonné. La perspective des vacances à passer à la maison ne l'enchantait guère. Avec un soupir, elle déposa sa pile de cahiers écornés et sa trousse élimée près de la porte laissée ouverte à la demande de maman, soucieuse de pouvoir contrôler d'un coup d'œil les faits et gestes de sa fille. Maman ferait le tri plus tard, inspectant les crayons et décidant lesquels reprendraient du service à la rentrée. Être à l'abri du besoin n'autorisait pas à gaspiller, voilà ce que Martha n'omettait jamais de lui répéter, l'empêchant d'apprécier la moindre babiole achetée pour elle. Sandra remisa bien au fond du placard les affaires dont elle aurait encore l'usage, notamment son petit cartable en cuir. Avec une méthode qui lui attirait invariablement les sermons de Martha : pousser jusqu'à ce que l'objet finisse par rentrer, quitte, au passage, à en faire tomber deux ou trois autres dont elle avait même fini par oublier l'existence. Alors que des deux bras elle s'échinait à bloquer son sac contre une pyramide de peluches, une petite balle en plastique rouge glissa du meuble et vint mollement rouler à ses pieds. Il n'en fallait pas davantage pour détourner Sandra de la tâche peu exaltante que sa mère lui avait confiée. Assise sur le tapis de sa chambre, les jambes en tailleur, elle lança la balle toujours plus haut en comptant. Elle jouait parfois à ça avec Claire. Celle qui avait compté le plus loin avant que la balle ne lui échappe des mains avait gagné. Sandra atteignait rarement la fin de la dizaine, et cette fois pas plus que les autres. Elle sentit ses doigts glisser sur le plastique et, tout en se mordillant la lèvre inférieure, entendit les rebonds mats sur le sol en priant pour qu'ils s'arrêtent rapidement... et surtout pour qu'ils n'arrivent pas aux oreilles de maman.

Aussi délicatement qu'elle le put, Sandra se redressa et s'approcha du couloir sur la pointe des pieds. De l'escalier ne lui parvenait pas l'écho de ces pas lourds annonciateurs de la tempête maternelle. Tout juste distinguait-elle, en bas, les bribes d'une discussion animée entre ses parents. Elle n'en comprenait pas le sens mais le ton, sec, claquait dans l'air comme un fouet. La dispute lui accorderait un peu de répit, le temps de récupérer son jouet. Elle l'avait vu rouler dans la chambre de ses parents, voisine de la sienne. Il fallait faire vite. Si jamais Martha la surprenait dans cette pièce dont l'accès lui était proscrit, elle trouverait bien une de ces punitions cruelles dont elle avait le secret pour lui gâcher au moins une semaine de vacances. D'ordinaire, elle prenait quelques précautions lorsque l'envie lui venait de fureter dans cet endroit que l'interdit parait des atours du mystère. Elle profitait, par exemple, que sa mère à l'ouïe si fine se délasse dans son bain en écoutant de la musique pour aller admirer les beaux poudriers de nacre posés sur la coiffeuse. Elle aimait, en particulier, regarder les délicates volutes translucides qui s'en échappaient lorsqu'elle en soulevait les couvercles, humer les baumes gourmands des rouges à lèvres. Mais cette incursion-ci ne serait pas aussi agréable. La petite fille s'accroupit en maudissant cette balle qui s'était cachée Dieu sait où. À présent à quatre pattes, elle avançait en fouillant l'endroit du regard et se pencha au ras du sol pour inspecter le dessous de l'armoire, puis du lit. Bingo. Elle se mit à plat ventre et, avec une grimace, étira son bras le plus loin possible. Furieuse, elle pesta en constatant qu'il lui faudrait se glisser sous le lit pour atteindre la balle. Elle avait déjà dû s'y résoudre, dans sa propre chambre, pour récupérer des objets en perdition, et avait toujours détesté cela. Sous le matelas, l'odeur âcre de la poussière lui piquait le nez et les yeux, mais ce n'était rien à côté de cette pénombre qui lui faisait l'effet d'une caverne menaçante, sur le point de s'écrouler et de l'engloutir vivante. Elle en ressortait alors la poitrine oppressée, se promettant chaque fois de ne plus y retourner. Mais là, impossible de reculer : si maman tombait sur le jouet en passant l'aspirateur, elle imaginerait Sandra venant fouiner dans son dos. Et les ennuis commenceraient, nettement plus désagréables que les chatouillements de la poussière et le noir de la caverne. Elle s'aida de ses avant-bras, contente d'avoir à ramper sur du parquet et non sur une moquette qui lui aurait râpé les coudes. Elle saisit sa balle à toute vitesse et s'apprêtait à faire demi-tour lorsque, dans l'obscurité, un éclat métallique accrocha son regard. De sa main libre, elle attrapa le curieux objet. Un bracelet. Beau, de surcroît. Elle aurait tout le loisir de contempler sa trouvaille plus tard. Pour l'instant, elle devait déguerpir de la chambre au plus vite. Le visage rougi par l'effort, Sandra s'extirpa de sous le lit, s'assura d'un rapide coup d'œil vers le couloir qu'aucun danger ne pointait à l'horizon, puis courut dans sa chambre dont elle prit soin de fermer la porte sans la claquer. Ainsi, elle pourrait savourer pleinement cette menue victoire. À genoux sur son lit, elle se mit à observer le bijou sous tous les angles : une plaque retenue par d'élégants maillons en argent. Un prénom aux lettres polies par le temps y était gravé. Sandra les épela à voix haute :

– D-A-V-I-D.

Interloquée par sa découverte, elle les répéta. Elle enfila le bracelet, qui s'avéra beaucoup trop grand pour son fin poignet. En plus, le fermoir était cassé. Elle devrait le faire réparer et ne pourrait pas porter la gourmette avant quelques années, dommage. Il serait toujours possible d'enlever quelques anneaux et de faire graver son propre prénom. Ou alors, elle l'offrirait à papa. Mais elle eut un pincement au cœur pour ce David, peut-être en train de chercher l'objet perdu. Il n'en fallut pas moins pour piquer son imagination. Qui donc pouvait bien se cacher derrière ce mystérieux prénom ? Devait-elle en parler à maman ? Sans doute la dernière chose à faire, pressentait-elle. Papa pourrait l'éclairer davantage, et sans se mettre en colère. En attendant de s'arrêter sur la conduite à tenir, elle décida de cacher le bracelet. Elle ne voyait pas meilleur endroit que le repli de sa taie d'oreiller finement bordée de dentelle. Maman venait de changer les draps et ne s'y attellerait plus avant une quinzaine de jours. D'ici là, Sandra aurait déniché un autre lieu où dissimuler son trésor. Si d'aventure maman tombait quand même dessus, elle prendrait l'air faussement étonné et prétexterait l'avoir trouvé dans la rue, puis oublié, comme on le fait des choses sans importance, non ? Sur ces considérations, Sandra s'exécuta, puis sauta par terre à pieds joints et dévala les escaliers, l'estomac creux, en quête d'un goûter.

Un silence de plomb avait succédé aux cris à peine contenus. C'en était fini de cette dispute-ci, qui avait vu papa partir en claquant la porte. Sandra s'avança dans la cuisine, appela timidement sa mère avant de se diriger vers le salon. Elle était là, devant la fenêtre, les bras croisés sous la poitrine, les épaules affaissées. Puis elle pressa un mouchoir sur son nez et ses joues. Sandra ne voyait pas les larmes couler mais elle les devinait. Malgré le ressentiment qu'elle éprouvait envers sa mère souvent si dure avec elle, la petite fille sentit son cœur se serrer. Elle savait comme Martha était fière, aussi se retira-t-elle sur la pointe des pieds pour ne pas la surprendre dans un tel état de désarroi, et regagna-t-elle sa chambre, perplexe et triste. Les disputes devenaient fréquentes ces derniers temps. Sandra se demanda si c'était à cause d'elle, et si ses parents allaient finir par divorcer, comme ceux de Claire. Bien sûr, dans la cour de l'école, le sujet offrait matière à discussion à des enfants qui, tout à coup, devenaient un peu plus grands malgré eux. À la simple idée d'être à son tour concernée par ce qu'elle avait jusqu'alors simplement observé chez les autres, Sandra sentit un frisson lui parcourir le corps. Faudrait-il déménager dans une autre ville, s'inscrire dans une nouvelle école ? Aurait-elle le droit de vivre chez son père ? Toutes ces pensées la rendirent maussade. Elle décida qu'il valait bien mieux se plonger dans une sieste jusqu'au dîner et oublier tout ça. Ce soir, papa l'emmènerait au lit et la borderait avant de lui raconter une histoire, comme à chaque fois. Elle lui ferait part de ses inquiétudes et il la rassurerait. Puis il lui soufflerait à l'oreille de faire de beaux rêves.

Au dîner, la tension était quelque peu retombée. Maman avait préparé un délicieux rôti et Sandra ne se fit pas prier pour en avaler une seconde tranche. Martha et Josh tentaient de donner le change. Mais Sandra n'était pas dupe. Ils attendaient simplement qu'elle ait le dos tourné pour reprendre leur querelle là où ils l'avaient laissée l'après-midi. Toutefois, aux regards tendres que Josh lançait discrètement en direction de Martha, Sandra voyait bien qu'il ne laisserait pas passer la soirée sans essayer de se réconcilier avec elle. Aussi décida-t-elle d'abréger son repas pour rejoindre sa chambre. Papa insista un peu, pour la forme, proposant qu'elle restât regarder la télévision avec eux. Mais Sandra fit mine d'avoir trop mangé et demanda la permission de quitter la table. Du reste, elle ne perdait pas au change. Elle mourait d'envie de terminer au plus vite *Les Aventures de Tom Sawyer*.

– Je t'avais prévenue de ne pas en prendre autant. Vas-y, tu peux sortir, chérie, lui répondit sa mère d'un ton tellement plus affable qu'à l'accoutumée que Sandra en resta un instant bouche bée.

Mais elle parvint à cacher sa surprise teintée de gêne et se leva pour embrasser ses parents.

– Je monte te voir dans cinq minutes, lui dit Josh en lui passant le bras autour de la taille et en la serrant fort contre lui.

Sandra regagna sa chambre en sautillant, cette fois. Elle mit sa chemise de nuit, prit le livre dans lequel il lui tardait de se plonger et se glissa sous les draps à l'agréable odeur de frais. Elle tapa sur son oreiller et l'appuya contre le montant du lit, impatiente de s'y installer confortablement, lorsqu'un léger tintement métallique lui rappela l'objet dissimulé un peu plus tôt. Elle l'attrapa dans la doublure de la taie et l'enfila en tripotant la plaque au prénom énigmatique. Trop absorbée par ses pensées, elle n'avait pas entendu monter son père, qui l'observait d'un œil attendri depuis le pas de la porte.

– Vous vous êtes réconciliés, avec maman ? hasarda Sandra.

– Ne t'inquiète pas pour ça. Mais, pour répondre à ta question, oui, on a arrangé nos affaires.

C'était ainsi que Josh nommait pudiquement les disputes avec sa femme : leurs affaires.

– Tant mieux, lui répondit Sandra avec un large sourire.

– Pas la peine que je te lise une histoire, tu as apparemment déjà pris de l'avance.

Sandra dodelina de la tête d'un air malicieux.

– Bien vu, papa. En revanche, je veux bien un gros câlin.

Joignant le geste à la parole, elle tendit les bras vers lui.

Josh vint s'asseoir au bord du lit. Il se penchait vers elle quand son attention fut attirée par le bracelet tombé sur l'édredon.

– Où est-ce que tu as dégoté ça ? questionna-t-il en écartant sa petite main potelée.

– C'est un secret. Tu me promets de ne pas le répéter ?

– Promis, juré.

– Je l'ai trouvé cet après-midi dans ta chambre. Sans faire exprès, j'avais envoyé ma balle rouge en dessous du lit et je voulais la récupérer...

L'enfant se lança dans des explications volubiles sur

les dessous de lit qui lui faisaient l'effet d'une caverne prête à l'engloutir. Mais déjà, son père ne l'écoutait plus. Imperceptiblement, son visage avait changé de teinte. Josh avait tout d'abord blêmi avant que ses joues ne s'empourprent, le regard fixé sur le bracelet et plus particulièrement sur le prénom qu'il y lisait. Sandra ne remarqua le changement que lorsqu'elle décela une étrange lueur dans les yeux de son père. Tout à coup, à travers les vitres de la fenêtre, le soleil rasant de cette fin de journée fit danser une couleur inquiétante au fond de ses pupilles. Un rouge glaçant. Un rouge sang.

– Papa, qu'est-ce qui t'arrive ? murmura-t-elle en lui secouant le bras pour le sortir de sa torpeur.

– Sandra, tu ne me racontes pas d'histoires ? Tu as bien trouvé ce bracelet *sous mon lit* ? s'enquit-il les mâchoires crispées, en insistant sur les derniers mots.

– Je te le jure, papa. Tu vas me gronder. J'ai fait une bêtise ?

– Non, ma chérie, articula-t-il péniblement avant de se lever, bouleversé, et de quitter la pièce.

Immédiatement, Sandra se dit que cette scène n'augurait rien de bon et se demanda s'il faudrait ou non en reparler à papa, voire lui proposer de se débarrasser de l'objet. Elle ne savait que croire après cette réaction bizarre. Comment un simple bracelet pouvait-il provoquer pareil émoi ? Surtout, elle avait détesté la petite flamme dansant dans les pupilles de son père. Papa lui avait fait peur, gâchant les péripéties de Tom Sawyer et ruinant le moment du câlin. L'enfant s'endormit en songeant que, décidément, les adultes agissaient de façon curieuse. Cette nuit-là, ses rêves furent peuplés par des cavernes oppressantes, des silhouettes menaçantes et des yeux rouge sang.

Chapitre 21

Les masques

Son cœur battait si fort dans sa poitrine que Josh le crut sur le point d'exploser. Après avoir quitté la chambre de Sandra, il dut s'adosser un instant contre le mur du couloir pour reprendre ses esprits. La tête lui tournait et il se massa les tempes pour faire disparaître la douleur qui s'était emparée de son crâne. Le marteau cognait sans relâche. Il lui sembla même que sa vue se brouillait. Josh s'intima l'ordre de se calmer. Il lui fallait à tout prix contrôler la colère qui grondait en lui pour recouvrer sa lucidité, analyser la situation et, surtout, ne rien faire ou dire dans la précipitation. Réfléchissant aussi vite que le lui permettait son cerveau embrouillé, il essaya de trouver une autre raison que celle qui immédiatement s'était imposée à lui pour expliquer la présence de ce bracelet sous son lit. Peut-être Sandra l'avait-elle déniché dehors, ou alors obtenu d'un camarade de classe, voire même volé ? Mais pourquoi aurait-elle inventé l'histoire de la balle roulant dans une autre pièce ? Non, ces explications ne tenaient pas la route. L'exercice lui répugna mais il ne put s'y soustraire : mentalement, Josh passa en revue les hommes de leur entourage, cherchant quelqu'un qui se prénommait David. Et soudain, la connexion tant redoutée s'opéra, lui faisant écarquiller les yeux d'incrédulité.

David Chambers, le patron du garage automobile sur la route menant à Clearwater.

La voiture de Martha produisait un bruit épouvantable et il y avait fort à parier qu'elle rendrait l'âme sous peu. Josh avait accompagné Martha chez cette vague connaissance, il y a deux mois. Il venait de bénéficier d'une promotion au sein du département commercial du laboratoire pharmaceutique qui l'employait. Aussi avait-il décidé de lui offrir une nouvelle berline. Sa femme semblait toutefois avoir du mal à se décider et était retournée à plusieurs reprises à la concession pour essayer l'un ou l'autre modèle. Elle y était même allée une fois avec Sandra. La petite fille en était revenue enchantée, elle avait expliqué à son père avec une profusion de détails comment elle avait grimpé dans les jolies voitures. Un sympathique monsieur dont les cheveux gominés sentaient bon lui avait montré comment actionner le klaxon, et elle ne s'en était pas privée ! Josh avait proposé à sa femme de s'y rendre avec elle pour l'aider dans son choix. Martha lui avait répondu qu'il était déjà suffisamment accaparé par son travail et que merci, c'était gentil, mais elle se débrouillerait sans lui. Ces paroles, qui lui revenaient en mémoire, lui arrachèrent un sourire amer. Depuis quelques semaines, Martha n'affichait plus un visage aussi bougon. Josh, encore épris de sa femme, souffrait de voir leur relation s'étioler jour après jour. Quand donc les sentiments avaient-ils commencé à tiédir ? Il y a un an, deux ? Il n'aurait su le dire. Ils s'étaient éloignés l'un de l'autre, doucement, imperceptiblement. Il avait retourné le problème dans tous les sens. Bien sûr, la routine traçait inévitablement son insidieux sillon au fond du cœur. Et les déplacements professionnels n'arrangeaient rien à l'affaire. Mais Josh aimait l'idée qu'il suffisait parfois de souffler un peu sur les braises pour ranimer le feu. Il s'efforçait d'adoucir sa femme par de petites attentions, sans la brusquer. Mais chaque fois, elle déclinait ses propositions de sorties au restaurant ou au cinéma avec une moue d'ennui. L'envie, car c'était bien de cela qu'il s'agissait, avait disparu. Ou alors était-ce autre chose, mais quoi ? Josh voulait percer ce mur qu'il sentait entre sa femme et lui mais Martha, qui avait curieusement changé depuis la naissance de leur fille, refusait obstinément de lui ouvrir son cœur, ajoutant chez lui l'incompréhension à la frustration. La lumière qu'il avait perçue depuis peu dans son regard l'avait porté à croire que l'espoir était de nouveau permis. Il l'entendait fredonner dans la salle de bains, comme aux premiers temps de leur mariage. Des robes dont il ne soupçonnait plus l'existence avaient soudain fait leur réapparition. Et, surtout, Martha souriait. Le masque d'aigreur qu'elle affichait souvent commençait à s'adoucir. Bien sûr, les disputes n'avaient pas cessé du jour au lendemain, qui survenaient souvent pour des broutilles. Mais, pour le plus grand bonheur de Josh, elles s'étaient espacées, et il savourait cet inattendu répit.

Il se maudit d'avoir été aussi aveugle. Comment avait-il seulement pu imaginer que ce changement dans l'attitude de Martha était lié à lui ? Le dos appuyé contre le mur du couloir, il serra les poings de rage, repoussa à grand-peine la vague qui menaçait de le submerger et de tout détruire sur son passage. Avant toute chose, Josh devait écarter la possibilité, aussi infime soit-elle, qu'il se trompe, et accorder une chance à Martha. Ne rien laisser paraître serait une torture mais la situation l'exigeait. Il suivrait sa femme et il saurait.

Lorsqu'il regagna la cuisine, son cœur battait déjà moins vite. La sueur ne perlait plus à son front. Il demanda simplement à Martha de lui servir un autre verre de vin. Puis, l'air de rien, il lui expliqua devoir se rendre au bureau le lendemain après-midi en dépit du congé qu'il avait posé. Un dossier le contrariait et il préférait le régler avant le week-end, si Martha n'y voyait pas d'inconvénient, évidemment. Affairée à débarrasser la table, elle lui tournait le dos au moment de lui répondre, si bien qu'il ne put voir l'expression de son visage. Peut-être était-ce le fruit de son imagination mais rien qu'à sa voix, sa conviction fut établie. Le « bien sûr chéri » était sorti trop vite pour qu'elle se sente véritablement désolée de le voir annuler une journée de repos, comme elle le prétendait maintenant. « Tu as raison, profites-en. Une telle occasion ne se représentera peut-être plus de sitôt », pensa Josh avant d'enfoncer le clou :

– Si tu as des courses à faire et que tu veux être tranquille, tu pourrais demander à la mère de Claire de garder Sandra.

– Tiens, bonne idée, je l'appellerai demain, répondit-elle.

Josh s'approcha et, bien que ce geste lui coûtât, passa ses bras autour de la taille de Martha. Il la sentit se raidir. Elle se dégagea doucement, lui caressa le bras affectueusement comme on le fait à un enfant, baissa les yeux et alla ranger une pile d'assiettes. La chair ne ment pas et Josh savait, à présent. Continuer à jouer la comédie pour obtenir une confirmation supplémentaire réclamerait un effort surhumain. Mais s'il la pressait de questions maintenant, elle nierait farouchement et quelles preuves aurait-il à lui objecter ? En un sens, reprendre enfin le contrôle de la situation, l'observer s'enfoncer dans de pathétiques simulacres l'aiderait à tenir un rôle que, de toute façon, il n'était pas destiné à jouer bien longtemps. Demain, il serait fixé. La soirée lui parut interminable. Il fit semblant de se distraire devant le film que Martha avait choisi. À vrai dire, incapable de maintenir son attention sur quoi que ce soit, il n'entendit pas la moindre réplique. Quand Martha partit se coucher, il alla se servir une rasade de gin qui lui brûla la gorge. Une fois au lit, il scruta les ombres au plafond une bonne partie de la nuit, priant pour que le sommeil le délivre enfin de ses tourments. Au petit matin, éreinté, il finit par s'endormir avant d'être réveillé, quelques heures plus tard, par de grands éclats de rire. Martha était descendue préparer le petit déjeuner, faisant légèrement grincer la porte de la chambre. C'était le signal que Sandra attendait pour venir sauter au cou de son père. Mais aujourd'hui, Josh n'était pas d'humeur pour ces démonstrations d'affection et il la repoussa sans ménagement.

– J'ai mal à la tête, laisse-moi, lui dit-il durement.
La petite fille regagna sa chambre en bougonnant.
Josh se retourna et regarda la place vide à ses côtés, posa sa main sur le drap encore chaud. La façon dont le bracelet avait fini ici lui arracha un frisson. Le simple fait d'imaginer Martha et son amant dans ce lit lui donnait la nausée. Ils s'étaient touchés, avaient gémi, à l'endroit où lui-même restait étendu, seul. N'y tenant plus, il se leva et passa dans la salle de bains. La lumière froide au-dessus du lavabo lui piqua les yeux. Dans le miroir, son visage portait les traces d'une mauvaise nuit. Il s'aspergea d'un peu d'eau fraîche, puis s'assit

sur le rebord de la baignoire et respira profondément. Il ne fallait pas craquer, pas maintenant.

Josh descendit dans la cuisine et gratifia sa femme et sa fille d'un tonitruant « bonjour ». La moue boudeuse de Sandra ne résista pas longtemps au baiser déposé sur sa joue. Il adressa un large sourire à Martha qui le lui rendit, et la serra brièvement dans ses bras. Josh, comme chaque jour, avala ses tartines avant d'aller chercher le journal jeté par le livreur sur le pas de la porte. Finalement, les habitudes ont du bon, songea-t-il. Une aide redoutable lorsqu'il s'agit de porter un masque. À cette pensée, tout à coup, l'attitude de Martha lui parut limpide. La matinée s'étira lentement. Les minutes donnaient l'impression de durer des heures. Comme convenu, Martha téléphona à la mère de Claire, laquelle proposa immédiatement que les deux filles passent l'après-midi ensemble. Josh entendit même Martha proposer de confectionner un gâteau pour le goûter. « La mauvaise conscience », se dit-il. Pendant qu'elle était occupée en cuisine, il réfléchit à la meilleure façon de procéder. Martha prendrait-elle le risque d'inviter son amant sous son toit en pleine journée ou se rendraient-ils dans un lieu plus discret ? Ayant prétexté auprès de la mère de Claire des courses à faire, elle pourrait difficilement s'en tenir à la première option. Sans doute téléphonerait-elle à David Chambers pour lui donner rendez-vous ailleurs. De son côté, Josh ferait mine de partir en début d'après-midi. Le lotissement formait une boucle. Une seule route permettait d'y accéder. Josh n'aurait qu'à aller stationner un peu plus loin. Et attendre Martha.

Une impression de flottement s'empara de Josh, qui s'amplifia au fur et à mesure que le moment fatidique approchait. Un peu comme si son esprit s'était détaché de son corps et qu'il observait la scène de l'extérieur, devenu désormais étranger à lui-même. Un étranger dépourvu de tout sentiment, qui agirait par automatisme. Cette sensation déconcertante lui procura un bénéfice immédiat : au moins, il ne souffrait plus. Plus vraiment. Au déjeuner, il se surprit à donner le change avec une facilité dont il ne se serait pas cru capable.

À un moment toutefois, Martha, qui s'apprêtait à porter sa fourchette à la bouche, interrompit son geste et le fixa.

– Josh, tu es sûr que tout va bien ? Tu me regardes bizarrement.

À cet instant précis, Josh fut sur le point de craquer. La question, inattendue, perçait la carapace qu'il s'efforçait de se forger depuis la veille. Ses yeux s'embuèrent et il dut détourner le visage.

– Ce n'est rien. Juste une de ces fichues migraines. Je vais prendre un cachet et ça va passer, articula-t-il péniblement en se massant les tempes.

« N'en fais pas trop, s'admonesta-t-il. Tu vas lui mettre la puce à l'oreille. »

Martha se leva, fouilla dans l'armoire à pharmacie située au-dessus de l'évier et lui tendit un tube d'aspirine.

– Il ne faudrait pas que tu sois malade pour tes rendez-vous de cet après-midi.

La phrase, que Josh trouva d'un cynisme inouï, faillit le faire basculer. Il eut envie de se jeter sur sa femme et de l'étrangler. En tout cas, de lui faire mal. Il serra les poings nerveusement et surprit sur lui le regard interrogatif de Sandra, où se lisait un mélange d'incompréhension et de crainte. Cette vue le stoppa net.

Avec un sourire crispé facilement attribuable à son mal de crâne, il attrapa l'aspirine posée devant lui et se fendit d'un « merci » qu'il trouva après coup inutilement chaleureux. « N'en fais pas trop, ça va finir par sonner faux », se répéta-t-il. Il ne toucha pratiquement pas à son assiette. La tension lui nouait l'estomac, l'empêchant de rien avaler. Il s'en excusa auprès de Martha. Lorsqu'il se leva pour commencer à débarrasser la table, elle l'en dissuada.

– Va donc t'allonger cinq minutes avant de partir, lui suggéra-t-elle.

« Ne t'inquiète pas, je vais partir et tu auras le champ libre », répondit-il dans le secret de sa conscience. Ses lèvres, quant à elles, murmurèrent à nouveau un timide :
– Merci.

Josh rassembla quelques affaires qu'il plaça dans son porte-documents. Puis il monta dans la salle de bains pour se brosser les dents, se donner un coup de peigne, ajuster sa cravate. Ces gestes, mécaniques, rassurants, lui apportaient le secours dont il avait besoin pour ne pas sombrer dans une rage dévastatrice. Mais le reflet que lui renvoyait le miroir lui fit peur. Les cernes semblaient se creuser chaque seconde un peu plus, et ses yeux, injectés de sang, sur le point d'exploser. Il s'en détourna et descendit. Il appela Sandra, lui ébouriffa les cheveux et l'embrassa affectueusement sur le front.

– Tu vas me manquer papa, lui glissa-t-elle à l'oreille.
– Toi aussi ma puce, amuse-toi bien chez Claire. À ce soir, lui répondit-il alors qu'une ombre noire, déjà, envahissait son cœur.

Car il savait que sa vie, d'ici à ce soir, aurait volé en éclats. Puis il se dirigea vers Martha mais ne parvint pas à la toucher. Ce fut elle qui pressa brièvement ses lèvres sur les siennes. Il réprima une moue de dégoût.

– Je ne sais pas à quelle heure je rentrerai. Je t'appelle.

Sur ces dernières paroles, il enfila sa veste et saisit sa mallette et ses clés. Il lança un dernier « au revoir » à la cantonade et partit. Une fois installé au volant de sa voiture, il prit une profonde inspiration, mit le contact et jeta un coup d'œil dans le rétroviseur, comme il le faisait chaque fois. À la fenêtre de la cuisine, Martha avait écarté le rideau et lui adressait un signe de la main. Il lui rendit la pareille tandis que la voiture s'éloignait. Josh quitta le lotissement, s'engagea sur la route principale et alla se garer au début d'une petite rue perpendiculaire, juste derrière une camionnette blanche qui le dissimulait. Déchiré entre des sentiments contradictoires – l'envie que le temps s'accélère pour être enfin fixé et l'envie de ne surtout pas savoir –, il avait l'impression de jouer un mauvais rôle, dans un mauvais film.

Une demi-heure après, il aperçut la vieille Dodge bleue qui ralentissait à la sortie de l'impasse et s'engageait sur la route. La filature pouvait commencer. Ne pas perdre de vue sa femme sans pour autant se faire repérer s'avéra moins aisé que Josh ne l'avait imaginé. Un feu passé au rouge faillit même tout compromettre mais il le grilla allègrement. Martha ne prenait pas le chemin du centre-ville, où elle se rendait d'ordinaire pour faire ses courses. Les minutes qui suivirent parurent interminables à Josh. Enfin, il vit Martha se diriger vers la droite et rejoindre le parking d'un motel, dans une zone commerciale. Dans sa cage thoracique, son cœur battait à tout rompre et sa respiration, qu'il essayait de contrôler, devint saccadée. Il avisa, en face, un restaurant dont le parking entourait l'établissement. À l'arrière, il choisit une place qui donnait sur le motel et coupa le moteur. Martha ne quittait pas sa voiture. L'attente devenait insoutenable. Soudain, une Mustang rouge fit son apparition et s'immobilisa juste à côté d'elle. Malgré la distance, Josh reconnut immédiatement l'homme qui en sortit quelques instants après pour s'engouffrer dans le véhicule de sa femme. David Chambers, le patron du garage du même nom. Le sang battait aux tempes de Josh quand vint le coup de grâce : après s'être rendu seul à l'accueil du motel, David Chambers retourna chercher Martha, lui ouvrit la portière et se pencha pour lui donner un rapide baiser. Puis ils se dirigèrent à pas hâtifs, sans se toucher, vers une des chambres.

Les mains cramponnées au volant, sous le choc, Josh ne parvenait plus à réfléchir. Une haine sourde avait envahi chaque recoin de son être. Combien de temps pourrait-il la contenir ? Le masque de Martha venait de tomber. Le sien aussi. L'Autre, hideux, innommable, remontait à la surface.

Chapitre 22

Sur la route

Plusieurs heures s'étaient écoulées mais le temps semblait figé. Déconnecté de son propre corps, Josh avait roulé machinalement, imperméable à tout ce qui lui était extérieur. La radio crachait des sons inaudibles et lointains. La lumière du jour s'était chargée des teintes rougeoyantes de la fin d'après-midi sans qu'il s'en aperçoive. Plusieurs fois, il avait mordu le bas-côté, manquant de verser dans un fossé, ou alors carrément débordé sur la file inverse, s'attirant des coups de klaxon énergiques qui l'avaient provisoirement tiré de sa sidération. À bout de nerfs, il avait fini par s'arrêter le long d'une route bordant la forêt.

Il resta là un long moment, abattu, incapable de la moindre pensée, avant d'éclater en sanglots. Mais ses larmes ne lui apportèrent aucun réconfort. L'engourdissement de son esprit s'estompa peu à peu. La vision de sa femme enlacée par un autre, l'idée des trahisons mesquines qu'elle avait dû mettre en œuvre au quotidien s'imposèrent à lui : l'évidence avait balayé le déni et s'était enfin frayé un chemin dans sa tête. Sans lui permettre pour autant de comprendre. À la rigueur, Josh aurait admis que Martha le quittât. Du reste, leur couple battait de l'aile depuis plusieurs années. Se l'avouer faisait mal mais il se doutait bien que l'idée de la séparation trottait parfois dans la tête de Martha. Qu'avait-elle tenté pour éviter d'en arriver à cette extrémité ? S'était-elle seulement donné la peine d'essayer de sauver leur relation avant de s'abandonner dans les bras d'un autre homme ? Dans ceux de David Chambers, par ailleurs lui-même marié... Josh le savait pour avoir vu, sur son bureau, une photo de famille où époux et enfants souriaient à pleines dents. Que pouvait-il bien lui offrir de plus ? Le patron du garage avait dû bien s'amuser en voyant débarquer une proie aussi facile, une mère au foyer aux grands yeux éteints par l'ennui, lâchée par son propre mari dans l'antre du fauve.

Josh crut d'abord qu'il lui serait impossible de regagner son domicile. Mais il se ravisa : Martha ne s'en tirerait pas à si bon compte. C'était trop simple. Oui, il s'expliquerait le soir même avec elle et déciderait après de la conduite à tenir, de plier bagage ou pas. Mais dans un premier temps, il ferait un petit détour par le garage de Chambers et lui dirait sa façon de penser. L'envie de lui coller son poing dans la figure le démangeait. Il était 18 h 40. Avec un peu de chance, Josh réussirait à le coincer avant qu'il ne quitte le travail.

Il démarra. Le pied au plancher, il fonçait vers le garage lorsque le hurlement d'une sirène interrompit ses pensées.

– Et merde, grommela-t-il en voyant le véhicule de police se dessiner dans le rétroviseur.

Il s'arrêta, baissa sa vitre en soupirant tandis que l'agent s'approchait.

– Bonsoir Monsieur, lâcha un type costaud, dont la voix douce contrastait singulièrement avec son apparence bourrue.

Josh reconnut alors le shérif Eric Stockwood.

Stockwood n'était pas un de ces représentants de la loi hargneux et à cheval sur les principes, toujours prêts à bondir dans leur voiture, le carnet de contraventions à la main. Il avait d'ailleurs à deux reprises fermé les yeux après avoir cueilli Josh, se contentant d'un simple avertissement.

– Désolé Monsieur, cette fois-ci, vous allez y avoir droit.

– Tant pis pour moi. Voilà ce qui se passe quand on est trop pressé de rentrer.

– Faites attention, vous allez finir par vous tuer, ou par tuer quelqu'un, le sermonna gentiment Eric Stockwood.

Ces mots en apparence anodins résonnèrent étrangement dans la tête de Josh.

– Vous avez raison, répondit-il en bafouillant de vagues excuses pour se débarrasser au plus vite du policier.

Le shérif rédigea le procès-verbal et le lui tendit quelques minutes plus tard.

Rongeant son frein, Josh le salua et reprit enfin la route. Il traversa le centre-ville et arriva peu après 19 heures à la concession de David Chambers. Un rapide coup d'œil alentour lui confirma ce qu'il pressentait : le garage avait fermé ses portes et il n'y avait plus un chat ni à l'intérieur ni sur le parking. L'explication avec l'amant de sa femme devrait être reportée à plus tard. Josh frappa le volant du poing. Puis, peu à peu, la fureur qu'il éprouvait céda la place à une colère froide. Josh résolut d'ailleurs de ne parler de rien à Martha ce soir, ni ce week-end. Car une autre idée venait de germer sous son crâne.

Chapitre 23

Dans la forêt, le soir

Une fois de plus, Josh fut surpris de constater à quel point il était possible de repousser ses limites, pour peu qu'un objectif sérieux le justifiât. Ce soir-là, il continua à jouer la comédie et ne laissa strictement rien paraître. Malgré les images de sa femme souriant à un autre, enlacée par cet autre, qui se bousculaient dans sa tête. À table, il s'exerça méthodiquement à les chasser une à une en s'obligeant à se concentrer sur des détails insignifiants. Une auréole sur la nappe qui laissait deviner une ancienne tache de vin. Le léger goût de métal que sa fourchette déposait sur sa langue. Le bruit d'une goutte d'eau tombant du robinet dans l'évier. Il répondit avec amabilité aux questions que Martha lui posa sur ses activités au bureau, et lui retourna la politesse. Non, elle n'avait rien fait de spécial, profitant seulement de son après-midi improvisée de liberté pour acheter deux, trois bricoles en ville. Ensuite, elle était rentrée se reposer avant de récupérer Sandra chez son amie Claire. La routine, en somme.

Josh resta imperturbable toute la soirée, puis le week-end et les quelques jours qui suivirent. Il prétexta une lourde charge de travail liée à sa récente promotion pour partir tôt et rentrer tard. Martha se montra étonnamment compréhensive. Quand Josh ne pouvait pas fuir sa présence, l'énergie qu'il déployait pour garder un calme apparent se nourrissait du noir dessein qui habitait ses pensées. Dans ce petit théâtre de marionnettes, c'était bientôt à lui qu'échoirait le rôle de tirer les ficelles. La sinistre pièce élaborée dans le secret de son âme ne lui apporterait pas la consolation, certes, mais au moins il serait vengé. Il avait déjà tout passé en revue un nombre incalculable de fois, ne voulant laisser aucun élément au hasard, quand une magnifique fenêtre de tir s'offrit à lui. Jeudi et vendredi, la famille de Claire partait rendre visite à une tante dans le Connecticut. Martha avait évoqué récemment ce court voyage. C'était le coup de pouce du destin que Josh guettait. N'ayant pas vraiment d'autre amie que Mme Jenkins qu'elle pouvait solliciter pour un tel service, si Josh s'absentait, Martha ne pourrait pas confier sa fille à qui que ce soit pour courir s'ébattre avec son amant dans un motel et devrait rester à son domicile. Elle commettrait sûrement l'erreur que son mari espérait : inviter David Chambers à venir à la maison.

Le mercredi soir, Josh mit en œuvre la première phase de son plan. Tous les cadres du service marketing devaient se réunir la semaine suivante à Boston afin de préparer le lancement d'un nouveau produit. Josh expliqua que quelques détails chiffonnaient encore son directeur, et qu'il le retrouverait le lendemain pour un dîner de travail. Son supérieur, qui avait un avion à prendre, rejoindrait l'aéroport vers minuit, et les deux hommes étudieraient leurs dossiers urgents jusque-là. Que Martha ne l'attende pas, il rentrerait dans la nuit. Comme Josh l'avait imaginé, son épouse n'eut pas l'air spécialement triste à l'idée de son absence mais afficha néanmoins une moue boudeuse pour donner le change. Josh avait méticuleusement échafaudé chaque étape du scénario mais n'ignorait pas qu'une inconnue de taille demeurait : rien ne garantissait que Martha arrange effectivement une entrevue avec Chambers chez elle le jeudi soir. Toutefois, la logique la plus élémentaire penchait en faveur de cette hypothèse : au début d'une telle relation, n'importe qui ayant le champ libre sauterait sur l'occasion de retrouver « l'autre ». Et Martha ne courrait sûrement pas le risque de laisser Sandra seule, qui, si elle l'entendait partir, pourrait lâcher le morceau devant son père. De plus, le bracelet trouvé sous le lit prouvait que Martha n'avait aucun scrupule à faire venir en douce son amant sous leur toit.

Le jeudi, comme tous les matins, Josh but sa tasse de café en lisant les pages sport du journal local, en écoutant le bulletin météo à la radio, en commentant l'actualité avec sa femme. Alors que Martha restait attablée dans la cuisine, il monta prendre sa douche, se rasa, enfila une chemise impeccablement repassée et un costume en laine fine qu'il affectionnait particulièrement. La veille au soir, pendant que Martha se prélassait dans son bain, il avait discrètement placé, au fond d'un sac dans le coffre de sa voiture, un vieux jean, un pull noir à capuche qui traînait dans l'armoire depuis des lustres, des gants et une paire de baskets montantes avec de larges crampons dont il se servait d'ordinaire pour aller s'occuper du jardin.

Avant de redescendre, il jeta un œil dans la chambre de Sandra, qui dormait encore à poings fermés, et songea, ému, à quel point il l'aimait. Il referma doucement la porte, en veillant à ne pas faire grincer les gonds. Il prit ensuite congé de Martha en lui souhaitant une bonne journée et déposa même un baiser sur sa joue. Au bureau, il s'efforça de paraître concentré, ce qui lui fut difficile dans un premier temps. Rapidement toutefois, le poids des habitudes l'aida à tenir en équilibre sur le fil d'angoisse d'où il risquait à chaque instant de tomber. Quand vint le soir, il commença à guetter sa montre avec davantage de fébrilité qu'il ne l'aurait voulu. À 19 h 30, il éteignit enfin son ordinateur, saisit son pardessus, sa mallette, et partit en saluant d'un signe de tête ceux de ses collègues qui planchaient encore sur leurs dossiers. D'ordinaire, Martha envoyait Sandra se coucher vers 20 h 30, même pendant les vacances scolaires. La permission de regarder la télévision n'était valable que le week-end. Il avait donc encore largement le temps de rentrer et de se préparer. Josh avait repéré quelques jours auparavant l'endroit idéal pour ne pas se faire remarquer. Derrière la maison, à deux cents mètres, s'étendait la forêt où Sandra allait souvent jouer avec son amie Claire. L'été dernier, il y avait construit dans les arbres une cabane d'où elles pouvaient à loisir observer la demeure et les alentours. Cent mètres plus loin environ, se trouvait le départ d'un chemin qui n'était plus guère emprunté que par quelques randonneurs le week-end. Le parking situé là, de l'autre côté de la route, leur servait souvent de point de ralliement. Le soir, les tourtereaux ne venaient plus s'y bécoter depuis longtemps, lui préférant l'anonymat enveloppant des zones commerciales en bordure de la ville. Mais Josh jugeait plus prudent de ne pas s'y montrer. La présence d'un homme, seul, sur ce parking désert, attirerait immanquablement l'attention d'un éventuel conducteur. Mieux valait opter pour le chemin de terre et l'ancienne maisonnette du garde forestier, derrière laquelle il pourrait cacher sa voiture.

Ses mains trempées de sueur glissaient sur le volant. Josh vit le cabanon se dessiner au détour du sentier et gara son véhicule comme prévu. Il en sortit sur le qui-vive et récupéra dans le coffre les affaires qui s'y trouvaient, ainsi que les jumelles qu'il était allé chercher le matin même dans le garage avant de partir. Il regagna ensuite l'habitacle pour se changer, pesta contre le manque de place en se cognant plusieurs fois les genoux au tableau de bord et s'empara de la lampe torche qu'il gardait toujours par précaution dans la boîte à gants. Elle lui serait utile pour ne pas se prendre les pieds dans les branchages au retour. Puis il se dirigea vers le chemin boueux, avant de se retourner, l'air satisfait. Ainsi dissimulée derrière l'abri délabré, sa voiture échappait aux regards. Sans plus tarder, Josh remonta la petite distance qu'il lui restait à parcourir jusqu'à la cabane, s'assura de la stabilité de l'échelle, grimpa et se positionna à côté de l'ouverture percée dans les rondins. De là, il avait sa maison en pleine ligne de mire. Du bout du pied, il écarta en maugréant l'ourson crasseux et borgne de Claire qui traînait au sol, au milieu d'emballages de confiseries. Il pourrait voir quiconque voudrait entrer aussi bien par la porte arrière du garage que par-devant. Josh alluma la lampe plusieurs fois de suite pour s'assurer de son bon fonctionnement. Une longue attente commença.

Pendant ce temps-là, Sandra se morfondait dans sa chambre. Elle avait bien espéré infléchir la décision de sa mère de l'envoyer au lit sitôt le repas fini, comptant sur les bonnes dispositions où elle la sentait depuis quelque temps. Sandra rembobina mentalement le film de la soirée, cherchant quel mot ou quel geste avait fait capoter son stratagème.

Quand maman se montrait d'humeur agréable, l'intelligence commandait de sauter sur l'occasion. Avant de formuler une quelconque demande, Sandra s'était plu à complimenter Martha sur sa coiffure, son maquillage, soignés plus qu'à l'accoutumée, sur son délicat parfum fleuri qui embaumait toute la cuisine. Visiblement sensible aux paroles attentionnées de sa fille, Martha avait laissé échapper un petit rire et caressé les cheveux de l'enfant, qu'elle avait ensuite ébouriffés avec tendresse. Bien qu'étonnée, Sandra n'avait pas commis l'erreur d'adresser dans la foulée sa requête à sa mère. Elle avait mangé avec appétit et, au moment du dessert, avait posé la question l'air de rien.

– Non, tu connais la règle, avait répondu Martha d'un air détaché.

– S'il te plaît, maman… Papa n'est pas là, on pourrait en profiter pour prendre une glace devant la télé et…

Martha avait fait claquer sur l'évier la spatule en bois qu'elle tenait à la main.

– Dans quelle langue faut-il te dire « non » ? avait-elle répondu sur un ton qui ne souffrait pas la moindre réplique.

Le charme, qui avait été de courte durée, était rompu. Sandra, qui sentait les larmes lui monter aux yeux, n'avait pas voulu offrir davantage de motifs de contentement à sa mère. Elle avait posé sa serviette et quitté la table, murmurant qu'elle allait se coucher.

– C'est ça, monte. Je t'interdis de sortir de ta chambre, ça t'apprendra à insister, avait lâché sa mère en enlevant les couverts.

La petite fille avait regagné sa chambre en soupirant, le cœur lourd. Dépitée autant que résignée, elle avait troqué ses habits contre un pyjama de coton mauve et était restée un instant assise sur son lit, pensive. Maintenant que la perspective de la soirée télé lui passait sous le nez, à quoi allait-elle occuper les prochaines heures ? Elle n'avait pas la moindre envie de dormir et le soleil n'avait pas encore disparu. Elle voyait sa chaude lumière orangée tapisser le sol. Elle se leva et s'approcha de la fenêtre. Les coudes posés sur le rebord, elle regarda les cimes rouges des arbres, qui semblaient sur le point de s'enflammer. Un éclat à la lisière de la forêt attira soudain son regard. La brève lueur perça à trois reprises la pénombre du sous-bois, du côté de la cabane que son père lui avait construite.

Josh posa la lampe à ses pieds puis ajusta ses jumelles en direction de la maison, qu'il balayait du regard quand un détail le fit stopper net. Accoudée au rebord de sa fenêtre, Sandra avait écarté les rideaux et scrutait la forêt. Josh recula par réflexe et se baissa. Se pouvait-il que sa fille ait aperçu la lumière de la torche ? Il se redressa lentement et risqua un nouveau coup d'œil. Sandra s'était manifestement éloignée de la fenêtre. Josh résolut néanmoins de faire montre de davantage de prudence, y compris quand il lui faudrait regagner sa voiture. La demi-heure qui suivit s'apparenta à un supplice. Josh ne quitta pas un instant son poste d'observation, les jumelles collées aux yeux, et les muscles de ses bras et de ses jambes raidis par les positions inconfortables qui se prolongeaient – il se tenait tour à tour debout ou accroupi – commençaient à le faire souffrir. Mais sa patience fut bientôt récompensée. Derrière lui, Josh perçut un craquement. Il se plaqua contre les rondins de bois, retenant son souffle. En bas, quelqu'un se frayait un chemin à travers les branches noueuses qui jonchaient le sol. Josh se raidit en l'entendant passer juste à côté de la cabane. Puis le bruit des pas s'éloigna. Josh approcha prudemment la tête de l'encadrement et avisa la silhouette qui se faufilait entre les arbres. David

Chambers. Comme il l'avait parié, Martha lui avait bien donné rendez-vous à la maison. Elle avait laissé la porte du garage ouverte à l'arrière et Chambers s'y engouffra rapidement. Josh avait envisagé différents cas de figure – notamment que l'amant ait le culot de stationner dans le lotissement, un scénario nettement plus embarrassant. Sans le savoir, Chambers venait de sceller son sort. Les jumelles en bandoulière, la lampe à la main, Josh redescendit de la cabane. Par souci de discrétion, Chambers avait emprunté le même chemin que lui, sans doute sur le conseil de Martha. Il avait donc sûrement laissé sa voiture à proximité, peut-être même sur le parking des randonneurs. Sans surprise, Josh y trouva la Mustang, garée le capot en direction de la route. Prête au départ.

22 heures. L'obscurité a envahi la forêt. Josh a regardé les derniers rayons mourir dans les épais feuillages. Il attend depuis plus d'une heure, tapi dans l'ombre. Dans ses oreilles, le bourdonnement ne se calme pas. Au contraire. L'état d'extrême tension qu'il endure déclencherait-il des hallucinations ? Josh n'est plus sûr de rien mais son champ de vision se rétrécit brutalement et il se sent comme aspiré dans un tunnel. Dans sa tête, le marteau cogne toujours plus fort. Une chaleur suffocante porte son corps au bord de l'incandescence. Il sent l'énergie noire, mauvaise, couler dans ses veines, prête à briser la digue. Rien ne peut la retenir. Dans sa poitrine, son cœur bat à tout rompre quand il entend à nouveau le craquement des branches. David Chambers regagne sa voiture en trottinant. Quelle que soit l'excuse qu'il a prévu de servir à sa femme, elle ne lui sera bientôt plus d'aucune utilité. Josh enfile ses gants, se relève des fourrés où il s'était caché après

être descendu de la cabane. Il laisse Chambers marcher bien devant pour ne pas se faire repérer. Ce pauvre idiot ne se doute pas que quelqu'un le suit tandis qu'il arrive au parking. Trop sûr de lui, comme tous les gens de son espèce. La chance sourit à Josh. Visiblement, Chambers ne trouve plus ses clés et fouille ses poches, lui laissant le loisir de remonter la petite distance qui les sépare. Le garagiste déverrouille enfin la portière de sa voiture et l'ouvre. Son dernier geste en ce bas monde mais il ne le sait pas encore. Derrière lui, Josh s'approche sur la pointe des pieds et, quand une branche cède sous sa semelle, il n'a plus d'autre choix que de passer immédiatement à l'acte. David Chambers se retourne et lui fait maintenant face, le visage figé par la stupeur et l'incompréhension. Josh ne peut plus reculer, il n'en a d'ailleurs jamais eu l'intention. Une fois passé l'effet de surprise, la situation se compliquerait singulièrement. En deux bonds, il rejoint Chambers, lève sa lampe torche et abat le manche en métal sur son crâne, qui craque dans un bruit mat. Son rival s'affale mais Josh le rattrape avant que son corps ne touche le sol. Il faut passer à la dernière phase du plan, vite. Ouvrir la portière arrière, le balancer tant bien que mal sur la banquette, replier les jambes qui ressortent de la voiture, récupérer les clés tombées par terre. Heureusement que Chambers n'est pas très grand ni très lourd, Josh le dépasse d'une tête. Vite, vite. S'installer au volant, contenir le tremblement qui s'empare des mains. « Respire, respire, respire. C'est presque fini », se répète Josh pour garder le contrôle. Plus loin sur la route, à trois kilomètres environ, un virage se découpe sur un ravin. Plusieurs vies se sont déjà brisées en contrebas. Personne ne fera la différence avec cet accident-là. On se contentera de plaindre ce fringant patron, réduit en bouillie au volant de sa voiture. « Tu y es presque », s'encourage Josh pour ne pas craquer tandis qu'il commence à rouler. Soudain, un bruit le foudroie. Il n'aurait pas tremblé davantage face à un revenant. Sur la banquette, David Chambers gémit. Un gémissement ignoble, un souffle d'outre-tombe. Josh fait une embardée sur le bas-côté, pile, saisit sa torche, se retourne, dirige le faisceau de lumière vers Chambers. Son corps semble inerte mais pourtant, il vit encore. Un filet de sang coule de son front jusque sur sa joue, entre ses yeux qui s'entrouvrent et se posent sur lui. La détresse que Josh y lit vaut toutes les paroles. Il regrette de l'avoir regardé, cela ne lui facilite pas la tâche. Le moteur continue à tourner. Pourvu que personne ne passe.

– Dépêche-toi, se répète-t-il plusieurs fois à haute voix.

Josh parcourt la distance restante en priant pour que Chambers ne se remette pas à gémir. Il s'arrête, sort de la voiture, toujours aux aguets, et frémit en ouvrant la portière arrière, redoutant d'avoir à affronter à nouveau les yeux suppliants. Mais David Chambers ne bouge plus. David Chambers ne gémit plus. David Chambers est mort. Josh l'attrape par les chevilles et le tire vers le rebord de la banquette. Il enroule ses bras autour du torse de sa victime, soulève le corps qui semble maintenant peser une tonne, et le traîne à l'avant. Il le jette sur le siège du conducteur, rabat les jambes dans l'habitacle. Chambers s'affale et Josh doit l'écarter pour agripper le frein à main. Il le desserre, referme la portière, pousse la voiture, la regarde filer et disparaître. Il attend et entend avec soulagement le fracas horrible de la tôle contre les rochers, puis le bruit de l'explosion qui effacera les traces. La chance est toujours avec lui.

À présent, Josh court jusqu'à la maisonnette dans les bois, les jambes flageolantes. Une fois arrivé, le dos appuyé contre les planches vermoulues, il laisse partir sa tête en arrière et reprend péniblement son souffle. Voilà donc ce que ça fait de tuer quelqu'un. Il ne s'était jamais posé la question de ce qu'il éprouverait en de telles circonstances, du reste inimaginables avant que la digue ne se rompe en lui. Mais la facilité déconcertante avec laquelle il a fait passer David Chambers de vie à trépas lui semble obscène. L'horreur de son acte le laisse étrangement froid. Il ne ressent ni le plaisir d'une vengeance assouvie ni le remords des souffrances infligées. La part de lui-même qu'il a tuée, ce soir dans les bois, a cédé la place à un vide immense. Ses sensations se limitent à l'aiguillon désagréable de la peur qui le pique encore alors que la petite voix le nargue. « Et si quelqu'un t'a vu ? Si tu te fais prendre ? Maintenant, dans un jour, dans dix ans ? Voilà ta condamnation : toujours en sursis et donc banni du monde des vivants. Tu seras ta propre prison. » Il devra apprivoiser cette petite voix qui menace de le rendre fou. Dans sa tête, le marteau cogne moins fort à présent et l'obligation d'aller jusqu'au bout reprend le dessus. Avec sa torche, il inspecte son pantalon, son pull, ses chaussures. Il est couvert de sang. De retour à sa voiture, il jette ses affaires dans son sac et le balance dans le coffre, remet à la hâte la tenue qu'il portait dans la journée. « Tu les brûleras demain sans faute, lui glisse la petite voix. N'oublie pas aussi de laver la torche et de la jeter dans une benne, loin d'ici. » Josh remonte dans sa voiture. Dans le rétroviseur, son propre reflet l'effraie. Ce teint livide, ces yeux hagards. La petite voix a raison. Josh n'appartient plus au monde des vivants.

Chapitre 24

Les regrets de Martha

Martha ne cessait de penser à son amant. Après leur entrevue de la veille, elle brûlait d'envie de le voir, de lui parler. Elle qui croyait son corps mort s'étonnait de la douce chaleur qui tournoyait dans le creux de son ventre. Josh ne lui avait pas procuré les mêmes sensations depuis si longtemps, une éternité pour tout dire. Elle l'avait tenu pour responsable de l'échec de leur couple après la naissance de Sandra, avait vécu comme une trahison son implication professionnelle qu'elle percevait comme une fuite, alors qu'elle se retrouvait seule et étrangère à elle-même, avec le bébé dans les bras. Cependant, elle savait au fond d'elle qu'il était injuste d'accabler Josh. Sans qu'elle pût se l'expliquer clairement, la venue de l'enfant avait fait grandir en elle le sentiment oppressant que le champ des possibilités s'était soudain restreint, verrouillant inexorablement sa vie. Le pauvre Josh, qui aurait aimé qu'elle donnât un frère ou une sœur à Sandra, ne comprenait décidément rien, aggravant son mal-être. Mais une parenthèse inattendue et délicieuse venait de s'ouvrir dans son quotidien monotone. À présent, elle se surprenait à guetter l'horloge, à sourire sans raison comme une collégienne excitée à l'idée de son premier flirt, et ce merveilleux état la transportait de joie. Qui eût cru que Martha, la fille d'un inflexible pasteur du Wyoming, qui fréquentait avec assiduité la chorale de la paroisse et restait enfermée dans sa cuisine à préparer des gâteaux pour les kermesses, éprouvât à ce point l'appel de la chair ? Il lui suffisait de fermer les yeux pour voir le visage de David si près du sien, sentir son souffle chaud sur sa nuque, ses mains agrippant ses cheveux et ses seins alors qu'il la plaquait contre le mur du garage et levait brutalement sa jupe pour la prendre, là, sous la lumière crue d'un néon. Martha n'avait pas regretté longtemps de l'avoir empêché d'accéder à la maison. Elle craignait que Sandra entende un bruit qui éveillât ses soupçons. Les fois précédentes, ça avait été différent : sa fille était à l'école et leur avait laissé le champ libre pour des ébats tour à tour fougueux, ou doux, dans la chambre conjugale. Le sacrilège suprême. Martha n'imaginait pas que le désir pût si facilement venir à bout de cet interdit. Elle s'était livrée à chaque fois sans retenue, sans pudeur, avec passion et n'attendait à présent qu'une seule chose : se retrouver dans les bras de David.

Tant bien que mal, la jeune femme essaya de dissimuler le choc qui la gifla à l'annonce de la mort de son amant. Elle blêmit en entendant le bulletin d'informations à la radio, peu après 11 heures. Un entrepreneur local, David Chambers, le patron de la concession automobile du même nom, avait péri hier soir dans un accident de la circulation. Il avait perdu le contrôle de sa voiture pour une raison indéterminée et plongé dans un ravin. Les secours avaient été prévenus par un chauffeur alerté par la présence de flammes visibles depuis une route peu fréquentée. Sans même qu'elle s'en rende compte, le couteau avec lequel elle émincait la viande prévue pour le déjeuner lui échappa des mains. Heureusement, elle se trouvait seule dans la cuisine à cet instant. Mais Sandra pouvait dévaler à tout instant les escaliers depuis sa chambre. Et Josh, enfermé dans un étrange mutisme depuis son dîner de travail de la veille, faire irruption du jardin où il avait passé sa matinée de congé, apparemment affairé à traquer, à brûler les mauvaises herbes et à emmener à la déchetterie quelques vieilleries entreposées dans le garage. Sa vue se troubla et elle résolut de monter s'asseoir quelques minutes sur son lit, ne supportant pas l'idée d'être dérangée. Une fois à l'abri des regards, elle se couvrit le visage des mains tandis que des larmes coulaient sur ses joues. C'était une mauvaise blague, un cauchemar. Elle dormait et ne tarderait pas à se réveiller. Le bonheur naissant qui égayait sa morne existence ne pouvait pas lui être retiré de la sorte. Elle déglutit avec difficulté, l'estomac noué par la nouvelle tragique. Elle se rendit dans la salle de bains, s'aspergea la figure d'eau froide, puis resta quelques secondes le visage plongé dans une serviette.

Pendant le déjeuner, il lui sembla que Josh la fixait curieusement. Ses pupilles lui faisaient l'effet de tisonniers remuant les braises de son âme pour dénicher les secrets enfouis sous les cendres. Un frisson glacé la parcourut qui accentua son malaise.
– Ça n'a pas l'air d'aller. Tu n'as pas touché ton assiette, lui dit Josh sans la lâcher du regard.
– Je ne me sens pas très bien. Je vais me coucher un peu, répondit Martha du bout des lèvres.
Elle esquissa un sourire crispé à Sandra en quittant la table. Dans sa chambre, elle fouilla le tiroir de la table de chevet de son mari. Derrière un ou deux livres et un paquet de mouchoirs en papier, il y gardait toujours

quelques flacons de l'un ou l'autre anxiolytique fabriqué par le laboratoire pharmaceutique qui l'employait. Martha avala deux cachets avec une gorgée d'eau. Elle reposa la bouteille au sol machinalement, le regard dans le vide. Les épaules affaissées sous un poids invisible, elle s'allongea, impatiente que le sommeil la délivrât de ses tourments.

Le début de la semaine suivante fut marqué par un climat particulièrement tendu. L'abattement de Martha, dissimulé à grand-peine, avait cédé le pas à des sautes d'humeur, des agacements épidermiques. Elle rentrait dans des colères noires pour des motifs futiles. Jusque-là, Josh n'avait pipé mot. En son for intérieur, il se réjouissait de la souffrance qui consumait Martha. Elle devait payer pour le mal qu'elle lui avait fait, même si une part de Josh voulait oublier. Reprendre une vie normale et oublier. Mais l'autre part, plus sombre, lui rappelait qu'à cause d'elle, son reflet dans le miroir le dégoûterait toujours, car il verrait jusqu'à la fin de ses jours le monstre endormi derrière ce visage aux traits tirés. À cause d'elle, vraiment ? Et Sandra là-dedans ? Il fallait que Josh remette le masque et tienne le coup, au moins pour sa fille. Après tout, Sandra n'avait rien demandé à personne et Josh commençait à s'inquiéter que Martha passât ses nerfs sur elle. Le canari qu'il avait acheté à sa fille pour son anniversaire étant accidentellement passé de vie à trépas, son épouse avait copieusement fessé Sandra. Une dispute avait éclaté à ce sujet.

— Tu te venges, on se demande bien de quoi, lui avait lancé Josh sans ménagement.

À vrai dire, l'envie de lui balancer une tout autre vérité à la figure le démangeait. Mais il savait que cette éphémère satisfaction entraînerait d'embarrassantes questions. Alors que sa femme, que la peine avait métamorphosée en furie, envisageait maintenant de se débarrasser de Sandra et de la placer en pension, il lui faudrait jouer à l'équilibriste, lui tenir tête sans trop la brusquer, en espérant qu'elle se calme pendant son déplacement de quelques jours à Boston pour son séminaire.

Le soir du départ, il ne put réprimer un pincement au cœur à l'idée d'abandonner sa fille seule avec Martha dans cet état. Il monta dans sa chambre, sécha ses larmes, la prit dans les bras et la serra longuement contre lui en lui promettant que la situation s'arrangerait.

– Fais de beaux rêves, glissa-t-il sur le pas de la porte, comme à l'accoutumée.

Puis il regagna le rez-de-chaussée, saisit la mallette de voyage préparée à la hâte en rentrant du bureau. Il n'y avait que deux petites heures de route jusqu'à Boston, mais Josh préférait partir avant la tombée de la nuit. Entrouvrant sa sacoche, il s'assura une dernière fois que l'ensemble de ses dossiers s'y trouvait. C'était à lui, cette année, qu'incombait la tâche d'inaugurer le séminaire, et curieusement il n'en éprouvait aucune appréhension.

– Martha, j'y vais. Je t'appellerai à mon arrivée, lança-t-il à tout hasard à son épouse, en quête d'un sourire, d'un geste de la main ou simplement d'un regard.

Malgré les récents événements, il ne désespérait pas de sauver ce qui pouvait l'être. Sinon, son geste insensé n'aurait servi à rien. Et alors, autant se mettre une balle dans la tête sur-le-champ. Assise sur le canapé du salon, Martha lui offrit en guise d'au revoir un visage revêche obstinément fermé.

« Quand tu auras digéré le fait que ton David Chambers ne viendra plus jamais te chercher, tu reviendras vers moi. À moins que je décide d'en finir avec toi avant », songea Josh dans un brusque accès de colère.

Il sortit, déposa ses affaires dans le coffre de sa voiture, s'assit au volant en prenant bien soin de ne pas froisser son pantalon, comme le lui recommandait chaque fois Martha. Le poids des habitudes, décidément. Dans le rétroviseur, il jeta un regard à la maison, ébloui par le soleil rasant. Il attendait que les points lumineux dansant derrière ses paupières s'en aillent lorsqu'il fut soudain pris d'un sentiment de malaise. Comme s'il faisait ses adieux à cet endroit. Josh lança un dernier coup d'œil en arrière, pour graver dans son esprit l'image des tuiles grises, des volets en bois blancs et du tourniquet oscillant au gré du vent.

Ce soir-là, à Falmouth, Martha ne parvenait pas à recouvrer son calme. Le déplacement de Josh lui apportait pourtant un immense soulagement. Garder le masque lui était devenu insupportable. Trois jours de solitude lui procureraient un peu de répit. Même si, pour l'instant, les dernières paroles prononcées par son mari lui trottaient encore dans l'esprit. Son jugement avait beau se trouver obscurci par le chagrin, la colère et la frustration, elle n'en percevait pas moins l'amère réalité. Son entourage payait les pots cassés pour une situation dont il n'était nullement responsable. Il fallait passer à autre chose. Cesser de se torturer inutilement et passer à autre chose. Elle jeta négligemment sur la table basse du salon le magazine qu'elle essayait en vain de lire, sans réussir à fixer son attention. En soupirant, Martha monta, le pas lourd, dans sa chambre. Elle avait besoin de se détendre. Elle saisit le flacon au fond du tiroir de la table de chevet et avala un cachet, puis un second. Autant ne pas mégoter sur la dose. Ensuite, elle se rendit dans la salle de bains et tourna le robinet de la baignoire. Pendant que les volutes de vapeur emplissaient la pièce, elle remarqua, dans le placard, la délicate nuisette rose pâle et le peignoir assorti qu'elle avait prévu de porter pour David. La semaine dernière, après leur rendez-vous dans le garage, les deux amants s'étaient promis de se revoir pendant le déplacement de Josh. Jamais elle n'avait imaginé que les événements prendraient une telle tournure et cette pensée lui arracha un sourire amer. Qu'à cela ne tienne, elle la mettrait quand même ce soir. Elle la posa sur le rebord du lavabo, se déshabilla, jeta ses vêtements dans le bac à linge et attacha sa longue chevelure brune en un chignon grossier dont quelques mèches pendaient dans la nuque. Dans le large miroir qui commençait à se couvrir de buée, elle fixait son visage, dont Josh disait qu'il n'en avait jamais vu d'aussi beau, et se surprit à se trouver séduisante. Son regard glissa sur ce corps dont le feu s'était rallumé sous les mains de son amant. Ses seins blancs, lourds, commençaient à s'affaisser, sa taille à s'empâter, mais elle estima malgré tout que sa silhouette soutenait la comparaison avec celle de femmes bien plus jeunes qu'elle. Malheureusement, dans sa subtile cruauté, cette réflexion en amena rapidement d'autres. Ce corps plairait-il encore à quelqu'un ? Et pour combien de temps ? Martha s'allongea dans la baignoire, doucement, le temps de s'habituer aux picotements de l'eau brûlante. La tête sur un coussin, elle ferma les yeux, s'abandonnant à la torpeur. Les anxiolytiques produisaient leur effet, lui embrumant les sens. Peu à peu, les images lui revinrent en mémoire. Il n'y a pas si longtemps, David, en face d'elle dans la baignoire, lui mordillait les orteils en la faisant rire aux éclats. Sa rêverie fut désagréablement interrompue par un bruit persistant. La sonnerie du téléphone. À ce stade déjà bien avancé de la soirée, ça devait être Josh. Tant pis. Il réessaierait sûrement plus tard, de toute façon.

Dans sa chambre, la mort dans l'âme, Sandra pensait à son père. Certes, il n'y avait que trois petits jours à tenir. Mais dans l'ambiance empoisonnée que lui promettait sa mère, trois jours semblaient une éternité. Allongée sur le côté, elle serrait la peluche que papa lui avait placée dans les bras avant de partir. Il avait dû sentir qu'elle aurait bien besoin d'un peu de réconfort. Elle la posa par terre et se redressa sur un coude. De sa main libre, elle chercha sous l'oreiller le bracelet déniché sous le matelas de ses parents, l'extirpa de la taie où elle le dissimulait et l'enroula autour de ses doigts. Sur un coup de tête, histoire de se calmer les nerfs, maman était capable de se mettre à briquer la maison, faire tourner des lessives du matin au soir et changer tous les draps. Demain, Sandra trouverait une nouvelle cachette. Pendant qu'elle s'efforçait de passer en revue les différents endroits qui s'offraient à elle, son esprit, lentement, glissait dans les brumes du sommeil. La sonnerie du téléphone la fit sursauter. Vaguement inquiète de ne pas entendre sa mère décrocher, elle l'appela de sa petite voix. Pas de réponse. Sandra se frotta les yeux, se leva et s'approcha timidement du couloir. L'interdiction maternelle de quitter sa chambre résonnait encore dans un coin de son crâne. Un rayon de lumière se dessinait sous la porte de la salle de bains. Sandra appela une nouvelle fois. Seule dans le couloir, alors que la nuit était tombée, elle sentit une boule lui monter dans la gorge. Sans plus réfléchir, elle rentra dans la pièce. L'ampoule incandescente du lustre la fit ciller, aussi Sandra leva-t-elle la main pour en atténuer l'effet sur ses yeux.

– Maman, le téléphone a...
– Qu'est-ce que tu tiens à la main ? demanda Martha d'une voix méconnaissable, caverneuse.

Sandra n'avait pas besoin de regarder sa mère pour savoir que quelque chose clochait, et que ce quelque chose allait lui attirer de gros ennuis. Dans la demi-conscience d'où la sonnerie l'avait tirée, Sandra avait oublié de reposer le bracelet sous l'oreiller. Mais pourquoi maman se mettait-elle toujours dans des états pareils ?

Martha s'était redressée dans son bain. La vie semblait avoir déserté son visage, devenu brutalement livide. Sa lèvre inférieure tremblait et elle dardait un regard noir sur le bracelet que Sandra tenait à la main.

– Où est-ce que tu as trouvé ça ? hurla-t-elle en se relevant, aspergeant d'eau le carrelage.

D'abord pétrifiée par la vision de sa mère plantée devant elle, nue, le corps ruisselant, les lianes noires de ses cheveux plaquées sur sa peau blanche, Sandra recula. Dans sa poitrine, son cœur cognait à tout rompre. Elle rangea à la hâte le bracelet dans la poche de son pyjama et bafouilla quelques excuses.

– Où est-ce que tu as trouvé ça ?

Martha répéta la question sur un ton glacial en sortant de la baignoire, sans quitter Sandra des yeux. La petite fille s'éloigna d'un pas et, cherchant un appui derrière elle, renversa malencontreusement le pot à cotons placé à côté du lavabo. Le bruit du verre se brisant au sol la fit tressaillir. Sandra se retourna et voulut courir se réfugier dans sa chambre, mais ses jambes étaient figées par la peur. Elle dérapa sur le carrelage embué et tomba. La douleur, fulgurante, la transperça. Un gros éclat de verre avait déchiré la paume de sa main. La vue de son sang redoubla sa terreur. Déjà, sa mère fondait sur elle comme un rapace sur sa proie, le visage déformé par la haine. Comme des serres, ses doigts agrippèrent la cheville de Sandra. Dans un réflexe de défense désespéré, l'enfant balança de toutes ses forces son pied en avant, atteignant Martha au menton. Cette dernière titvba sous le choc. Sans plus réfléchir, Sandra fonça à genoux. Deux petits mètres la séparaient de sa chambre. Elle eut à peine le temps de claquer la porte et de la fermer à clé que sa mère se mit à tambouriner en vociférant.

Puis les hurlements cessèrent, laissant Sandra blême de peur, recroquevillée derrière le battant maculé de traces rouges. Au déferlement de violence des minutes précédentes avait succédé un silence encore plus pesant. Une décharge de douleur dans la main lui arracha une grimace. Avec d'infinies précautions, la respiration haletante, l'enfant retira la clé et colla son œil contre la serrure, cherchant sa mère du regard. Soudain, elle poussa un cri, autant de surprise que d'effroi : la pupille noire de Martha venait d'apparaître dans le trou. Au bruit métallique de la poignée, Sandra comprit qu'elle s'était emparée d'une autre clé – puisqu'à l'étage les portes étaient munies des mêmes serrures – et n'allait pas tarder à entrer dans la pièce. Sandra tenta d'introduire sa propre clé dans le trou, mais le métal glissa sur ses mains pleines de sang. Au-dessus de ses yeux hébétés, la poignée s'abaissa. Désormais, Sandra n'avait plus nulle part où se cacher. Elle se releva et se précipita contre le mur du fond. Sa chambre donnait sur la forêt et personne ne viendrait à son secours. Personne. Sandra n'avait plus le choix. Elle ouvrit la fenêtre et grimpa sur le rebord. Dans un geste désespéré pour s'échapper, elle s'apprêtait à basculer ses jambes de l'autre côté pour sauter lorsque la voix de sa mère la fit stopper net.

– Descends tout de suite, siffla Martha entre ses dents.

Sandra se retourna. Sa mère avait revêtu son peignoir rose, et l'eau dégoulinant de ses cheveux mouillés formait de larges auréoles sur le tissu.

– Je ne le répéterai pas. Où est-ce que tu as trouvé ce bracelet ? Dis-le moi et je ne te ferai rien.

Tout en tentant d'amadouer sa fille, Martha avançait doucement.

– Je l'ai trouvé en dessous de ton lit et papa m'a dit que je pouvais le garder, alors laisse-moi ! hurla Sandra, terrorisée.

Au milieu de la chambre, Martha semblait en pleine confusion. Petit à petit, les fils se connectaient dans son esprit. L'air tellement étrange et distant de Josh. Le prétendu dîner de travail de la semaine dernière, le soir où David était venu. Cette discussion, la veille au téléphone, avec la mère de Claire, au sujet du shérif Eric Stockwood. L'officier de police s'apprêtait à classer le dossier David Chambers. Tout corroborait la thèse de l'accident. À un détail près, qui chiffonnait Stockwood : l'absence de traces de freinage sur place, qui pouvait cependant s'expliquer par le passage d'un animal sauvage ayant brutalement fait dévier le conducteur de sa trajectoire. Était-il envisageable que son mari ait un lien avec la mort de David ? Peut-être pas. Mais une chose paraissait acquise : Josh était au courant de sa liaison.

Dans la salle de bains, Sandra avait cru impossible qu'un visage fût davantage déformé par la haine. Pourtant, le masque hideux qui lui faisait maintenant face s'avérait pire encore.

– Tu n'as pas pu t'empêcher de le dire à ton père, lâcha Martha en avançant d'un pas décidé.

Dans un mouvement d'effroi, Sandra vacilla sur le rebord de la fenêtre. Elle tenta de se rattraper mais il était déjà trop tard. Sandra sentit, à nouveau, les doigts de Martha sur ses chevilles. Voulait-elle la sauver dans un ultime réflexe maternel ? Sandra ne le saurait jamais. Le choc à l'arrière de son crâne fut fulgurant. Suivi du néant.

Depuis l'embrasure de la fenêtre, Martha, stupéfaite, ne parvenait pas à détacher son regard du corps de Sandra. La brutalité de la scène l'avait tirée de l'état second dans lequel elle se trouvait depuis qu'elle avait aperçu le bracelet, et la situation lui apparaissait maintenant dans toute son atrocité. Les seins ballants sous son déshabillé entrouvert, elle dévala les escaliers et courut dans le jardin, se jeta à genoux, souleva contre elle Sandra, dont les bras se balancèrent mollement. De ses mains tremblantes, elle chercha à sentir son pouls, sans succès.

– Qu'est-ce que j'ai fait ? murmura-t-elle dans la solitude et le silence de la nuit.

Elle resta ainsi, plusieurs minutes, serrant le corps inerte de sa fille. Assommée. Désemparée.

Elle reposa délicatement Sandra par terre, comme une poupée fragile qu'un geste brusque pouvait casser. Tel un automate, elle retourna à l'intérieur, s'appuya un long moment contre la porte fermée. Puis elle monta dans sa chambre, sortit le tube de cachets de la table de chevet de Josh, en avala le contenu. Elle suppliait Dieu d'inverser le cours du temps, de revenir une heure en arrière, de lui permettre de répondre à Josh au téléphone. Mais la réalité le lui refusait obstinément. Elle la marquerait à jamais du sceau de l'infamie devant Josh, ses parents, ses voisins.

« Tu as trompé ton mari. Tu as tué ton enfant. »

Les mots se détachèrent et claquèrent dans sa tête. Puis ils se mélangèrent à un étrange bourdonnement d'où émergeait cette cruelle évidence : il fallait effacer l'horreur, et même toute trace de son existence. Alors, Martha redescendit lentement l'escalier, se rendit dans le garage, saisit sur une étagère le bidon d'essence que Josh gardait toujours en réserve, avant d'aller chercher une boîte d'allumettes dans le tiroir de la cuisine. Elle aspergea le couloir et l'escalier qu'elle emprunta à reculons. Ses yeux vitreux et fantomatiques s'attardèrent sur cette petite balle rouge au milieu des peluches, dans la chambre de Sandra. Martha craqua l'allumette et retourna dans sa propre chambre, sans prêter la moindre attention aux flammes qui léchaient le sol. Du plat de la main, elle rajusta le drap légèrement froissé de son lit. Martha appréciait de voir les choses en ordre. Enfin, elle remit correctement les pans de sa nuisette rose pâle et s'allongea.

Épilogue

Clifton, automne 2012

Assis sur le canapé du salon, Josh se grattait la barbe du bout des doigts. Sur la table basse était étalée la paperasserie à remplir pour les obsèques. La matinée avait été entièrement consacrée à cette sinistre corvée : arrêter une date pour l'enterrement, prévenir les quelques proches. Aussi pénible soit-elle, cette tâche l'empêchait de tourner en rond et, en définitive, constituait un dérivatif à son chagrin. Absorbé dans ses pensées, c'est à peine si Josh réagit à la sonnerie du téléphone. À l'autre bout du fil, il fut surpris de reconnaître la voix de Connie Sheller. L'infirmière avait sans peine obtenu ses coordonnées à l'hôpital. Elle souhaitait venir, s'il n'y voyait pas d'inconvénient bien sûr, lui déposer un paquet. Josh n'avait aucune envie de recevoir de la visite aujourd'hui mais il pouvait difficilement dire non à la personne qui s'était si bien occupée de Sandra pendant toutes ces années.

Deux heures plus tard, Connie Sheller toquait à la porte. Josh faillit fondre en larmes devant ce visage dont la douceur lui avait si souvent réchauffé le cœur par le passé. L'infirmière se contenta d'une courte étreinte, d'une main posée sur le bras, sans lui imposer le supplice de chercher son regard. Josh redoutait de s'entendre demander comment il allait. À son grand soulagement, elle lui épargna les questions habituelles qui mettent la douleur à vif aussi sûrement que l'acide ronge la peau. Sans même que Josh ne le lui ait proposé, Connie s'engagea dans le couloir et regarda les quelques photos de Sandra qui ornaient les murs. Josh les avait récupérées chez ses beaux-parents, les souvenirs des Denison étant partis en fumée le soir de l'incendie. Connie s'arrêta devant un cadre. Martha souriait en poussant un landau. Mais ses yeux semblaient éteints, tristes.

– Vous savez pourquoi elle a...

Connie laissa sa phrase en suspens, regrettant immédiatement d'avoir amené la conversation sur ce terrain.

– Je n'en ai pas la moindre idée et, à vrai dire, je ne veux plus aborder le sujet.

Gênée par sa maladresse, Connie détourna la tête un instant.

– Un café ne serait pas de refus, hasarda-t-elle.

– Excusez-moi, je n'ai pas pensé à vous le proposer. Installez-vous dans le salon, j'arrive tout de suite.

Josh n'avait plus invité personne depuis si longtemps qu'il ne se rappelait même plus où étaient rangées les tasses à café en porcelaine. Tant pis. Le service ordinaire, utilisé pour le petit déjeuner, ferait l'affaire. Soucieuse de ne pas importuner son hôte, Connie ne s'attarda pas. Elle parla brièvement de choses et d'autres et ne donna des conseils à Josh pour les funérailles que lorsque celui-ci les sollicita. Elle allait prendre congé de lui quand, sur le perron, elle parut hésiter et se lança :

– Si ça vous tente, dans quelque temps, on pourrait sortir dîner. En tout bien tout honneur, évidemment...

Mais son air, vaguement confus en prononçant ces dernières paroles, avait trahi ses sentiments.

Josh y avait du reste déjà songé à plusieurs reprises, sans jamais oser franchir le cap. Il craignait de se faire des idées sur l'attitude de Connie qui, se disait-il, relevait sans doute simplement de la compassion. Il promit de la rappeler rapidement.

Connie rougit légèrement et s'éloigna. Josh s'apprêtait à refermer la porte lorsqu'elle l'interpella.

– J'allais oublier le sac, dans ma voiture. Ce sont les affaires que j'avais mises de côté quand Sandra a été transférée de Falmouth.

Elle ouvrit sa portière et s'empara d'un sac en plastique avant de revenir vers le porche.

– Tenez, son petit pyjama et son bracelet. J'ai pensé que vous voudriez les récupérer…

Connie tendit le sac à Josh, qui blêmit.

– Au fait, qui est David ?

Je tiens à remercier Marike, Yann et toute l'équipe des éditions Le Passage pour avoir cru en moi et permis que cette belle aventure se réalise ;

ma famille, pour son incroyable soutien, jour après jour ;

ceux qui m'ont éclairée de leurs conseils, notamment Antonella, Jacqueline, Marine, Nicole, Valérie, Michel, Marc Wagner ;

et vous, bien sûr, cher lecteur.

Table

L'APPEL DU VIDE

À l'aube	9
Dans la forêt, le jour	19
La première nuit	25
En attendant	30
Le message	34
Les regrets de Josh	43
Sous la surface	49
L'ennemi invisible	50
Le brouillard	58
Les regrets de Claire	64
Le réveil	72
La délivrance	80
L'inconnue dans le désert	88
Les fantômes du passé	93
L'ange blanc	101
Le grand saut	108

FURIE

Dans la chambre	115
Le murmure	126
Le feu du chagrin	131
Les yeux rouge sang	138
Les masques	146
Sur la route	156
Dans la forêt, le soir	159
Les regrets de Martha	170
Épilogue	183